U0501095

忠诚与意志

红岩的故事

厉华 王娟●编著

长江出版传媒 长江文艺出版社

图书在版编目（CIP）数据

忠诚与意志：红岩的故事 / 厉华，王娟编著. ——
武汉：长江文艺出版社，2024.10
　（百读不厌的经典故事）
　ISBN 978-7-5702-3354-0

　Ⅰ. ①忠… Ⅱ. ①厉… ②王… Ⅲ. ①革命故事－作
品集－中国－当代 Ⅳ. ①I247.81

中国国家版本馆 CIP 数据核字(2023)第 207951 号

忠诚与意志：红岩的故事

ZHONGCHENG YU YIZHI : HONGYAN DE GUSHI

策划编辑：叶　露

责任编辑：任诗盈　　　　　　　　　责任校对：毛季慧

封面设计：一壹图书　　　　　　　　责任印制：邱　莉　胡丽平

出版：长江出版传媒　｜　长江文艺出版社

地址：武汉市雄楚大街 268 号　　　邮编：430070

发行：长江文艺出版社

http://www.cjlap.com

印刷：中印南方印刷有限公司

开本：720 毫米×1000 毫米　　1/16　印张：10.75

版次：2024 年 10 月第 1 版　　　2024 年 10 月第 1 次印刷

字数：115 千字

定价：30.00 元

版权所有，盗版必究（举报电话：027—87679308　　87679310）

（图书出现印装问题，本社负责调换）

自 序

忠诚与意志

1949 年 10 月 1 日，当五星红旗在天安门城楼上升起的时候，中国的西南尚未解放。在重庆西北郊的歌乐山下，300 多名被关押在渣滓洞、白公馆的革命者听闻此消息，激动万分，决定绣一面红旗迎接重庆的解放。但不幸的是，还未等到重庆解放，他们就在 1949 年 11 月 27 日被国民党反动派残忍地杀害了。

歌乐山烈士群雕

然而，在"一一·二七"大屠杀之前，他们中的绝大部分人是有机会出狱的，但他们都严词拒绝了。为此，他们忍受着酷刑的折磨和死亡的威胁。为什么他们在面对酷刑和死亡时，能毫不畏惧？

因为他们有坚定的共产主义信仰，对中国共产党绝对忠诚。

他们当初毅然决然地加入中国共产党，并不是一时冲动，也不是为了追求个人的功名利禄，而是在认清社会现实之后的一种理性选择。他们目睹了老百姓水深火热的生活，看到了国民党反动政权的腐朽，他们由衷认同中国共产党追求的马克思主义理论和提出的为国为民的主张，所以自觉选择加入中国共产党。

在这种坚定信仰的指引下，他们产生了惊人的意志。面对敌人滥施的酷刑，陈然写下"任脚下响着沉重的铁镣，任你把皮鞭举得高高，我不需要什么'自白'，哪怕胸口对着带血的刺刀！人，不能低下高贵的头，只有怕死鬼才乞求'自由'……"；面对国民党的轮番审讯，盛超群不仅守口如瓶，还"戏弄"起了特务；面对国民党高官厚禄的诱惑，叶挺甘愿坐穿牢底。

在狱中，他们虽然甘愿忍受酷刑的折磨，但也决不轻言死亡，始终怀着活着出去建设新中国的愿望。渣滓洞看守所的胡其芬通过策反看守给狱外党组织送信，他在信中写道："每个人都笼罩着死亡的阴影。蓝先生（指黄茂才）归来又带给我们一线生的希望。"江竹筠在给亲人的信中写道："我们有必胜和必活的信心！"

在这一封封书信中，革命者不仅表达了想要出去建设祖国的强烈愿望，还表达了对儿女们的希冀。江竹筠在给谭竹安的信中写道："孩子们决不要娇养，粗服淡饭足矣。"她深知只有吃过苦，才能懂得幸福的来之不易。车耀先告诫子女："能以'谦''俭''劳'三字为立身之本，而补余之不足；以'骄''奢''逸'三字为终身之戒，而为一个健全之国民。"

蓝蒂裕在就义前写下《示儿》诗，全诗围绕儿子"耕荒"的名字展开，字字表现出革命者的豪情与无畏，句句表达出父亲对儿子的厚爱和嘱托。而他的儿子蓝耕荒也没有辜负他的期望，一直以父亲为榜样，坚持把"用变秋天为春天的精神，把祖国的荒沙，耕种成为美丽的园林"作为自己的信仰，勤恳地做着自己平凡的后勤园林工作。很多人知道蓝耕荒是著名红岩烈士的儿子后，不敢相信他和普通人一样过着平常的退休生活，总觉得他作为烈士之后应该享受某些"优待"。但他自己觉得没有一点"划不来"，因为他没有让父亲失望，他用自己的努力，使单位连续数年被评为市级园林绿化先进单位。他做事认真，坚持原则，兢兢业业管理后勤，退休时清清白白，享受晚年没有负担。无论面对怎样的利益、地位问题，他总是淡定、淡薄地说："我是烈士之后！"这就是他从父亲身上学到的红岩精神。

这一封封书信不仅饱含革命者对自己儿女的殷切嘱托，更寄托了他们对一代又一代中华儿女的深切厚望。无论过去多少年，人们都会从红岩的故事中感受到红岩烈士对党的绝对忠诚与坚忍不屈的革命意志。

目　录

红岩的由来

饶国模与红岩嘴大有农场

1939 年，在重庆近郊的红岩嘴大有农场，八路军重庆办事处的副处长周怡与农场主饶国模正在为租用农场的合同一事争执不下。

"我是绝对不会收租金的，所以也不需要什么合同。八路军能够住在我的农场，也算我为抗日出了一份力！"饶国模很固执。"我们住你的地方，还要麻烦你操心帮我们组织工人建楼，工钱、材料钱还要你先帮我们垫付，这怎么好意思……""这都是我应该做的，我把农场取名'大有'，就是人人皆有的意思。为了抗战，人人都要出力……"

这是八路军驻渝办事处第三次与饶国模商量租用合同的事了。

"轰——"巨大的爆炸声又从朝天门那边传过来，天空中侵华日军的轰炸机呼啸而过。频繁的轰炸导致重庆城区多所房屋建筑被毁，许多无辜群众丧生。八路军驻渝办事处在重庆城内机房街的办公地也被炸毁。为了便于开展工作，1939 年年初，周恩来指示八路军驻渝办事处在市郊为南方局另觅新的办公场所，而且必须要利于防空和交通。

川东地下党特委书记廖志高受命负责选择新址。他跑遍重庆市郊，选中了地处市区西北郊、位于嘉陵江南岸、离市区仅十余里的大有农场。在写给周恩来的报告中，廖志高说："饶国模，广州黄花岗七十二烈士之一饶国梁的妹妹，本人思想进步，同情革命，支持共产党。其大哥饶国栋，老同盟会员，后转国民党，现时在重庆大足县党部任职。其丈夫刘国华，国民党员，历任长寿县县长、刘湘经济顾问等职，有过同情革命的履历，自刘湘受蒋介石排挤后，即去职，情绪消极，花天酒地，不再热心政治。其弟饶国材，1936年在成都加入我党。饶国材的女儿饶友瑚、侄儿刘文化，抗日战争爆发后，也在上海、成都先后加入我党。饶国模、刘国华的三个子女，业已加入共产党，系我党新发展的党员。饶国模、刘国华的婚姻，名存实亡。红岩嘴农场，事实上为饶国模独立经营。考察与饶国模来往接触的人，多系我地下党成员以及进步民主人士。红岩嘴农场，地处市郊，宽敞偏僻、安全、无干扰。无论租借现房或新修住房都极方便，且有较好的两面政治的掩护色彩。是否以此为目标解决南方局机关住址问题，请组织考虑。"

　　经过一番考察，周恩来决定，将八路军办事处和南方局搬到红岩嘴饶国模的农场。

　　周恩来要求八路军驻重庆办事处副处长周怡一定要说服饶国模在合同上签字，并且要好好保护她。

　　接到周恩来的指示后，周怡耐心地向饶国模解释："我们签订合同，主要是为了让你能够应付社会各方面的检查，对你是有保护作用的。""那好，合同我可以签，但是我绝不收取一分钱！"

之后，饶国模以扩大经营的名义，申请修建了一栋二层的小楼，借给八路军驻渝办事处和中共中央南方局作为办公地使用。

八路军进驻红岩村大有农场，饶国模曾经兴奋地作诗表达自己的激动心情："红岩有幸留英杰，中流砥柱尚有人。"

后来，国民党有关方面指责饶国模，为什么要给共产党、八路军提供办公地点。

"什么叫我提供办公地点，你们看看这合同，这么好的价钱为什么不租？"合同上的高额租金，使来检查的国民党人无话可说。

为了监视八路军办事处共产党的活动，国民党以参政会的名义要在农场租地建房子。饶国模却说："按照八路军给的价格我就租！"

在红岩村，经饶国模住房前往上走是八路军办事处，往右下走是国民参政会，路中间的夹角处有一株硕大的黄桷树。

国民党在红岩大有农场修建所谓的国民参政会办公楼，实际上是为了监视进出红岩村的人员。因此，在黄桷树四周总是有几个便衣特务对来八路军办事处的同志进行盘问纠缠。尤其是外地来的人，经过此处问路，都会被特务带到国民参政会的楼里仔细盘问，甚至还会被搜身检查，被检查的人稍有不慎就会有危险。于是，周恩来就叫饶国模找人在黄桷树下摆了一个出售香烟的烟摊，专门为那些问路去办事处的人指路。中华人民共和国成立后，郭沫若同志曾经对当时的环境有过这样的描述："农场名大有，榕树界阴阳。"他解释说："'大有农场'即红岩革命纪念馆原名，为董老所书，今尚在。入门后有榕树一株，路在此分岔，往上走为中共办事处，往下走为国民党参政会宿舍，因而时人名此树为'阴阳树'。"赵朴初在

1960年12月参观红岩村中共中央南方局旧址时留下了一首升平乐词，写道："识途竟说阴阳树，临敌谁如大乐天①？龙潭虎穴想当年。江流不转，霜欺更艳，好红岩丹心一片。"

红岩嘴，原是重庆化龙桥的一个地名。因隔江相望山坡谷底像一个伸入江边的鸭嘴，被俗称为"红岩嘴"。饶国模的大有农场建在这里，这里瓜果满山，山花遍地，绿树成荫，被百姓习惯性称为"红岩村"。

自从中共中央南方局在大有农场落脚后，红岩村就同中国革命的历史紧紧地联系在一起。

历史选择了红岩，饶国模选择了中国共产党。红岩，从此不断吸收、凝聚着中国共产党人的思想精神，人文色彩愈加厚重，为其后形成革命精神积淀了深厚的革命文化底蕴。抗战十四年，以周恩来为首的中共中央南方局在重庆直接领导国统区的地下党工作。南方局执行"坚持抗战、反对投降；坚持团结、反对分裂；坚持进步、反对倒退"的三大政治口号，维系抗日民族统一战线，团结进步势力，争取中间势力，孤立顽固势力，发展壮大进步力量，为抗战的胜利奠定了坚实的社会政治基础。

1946年4月，国民政府决定还都南京。根据形势发展的需要，周恩来和董必武也要率中共代表团东迁南京。为了感谢饶国模多年来给予南方局和办事处的巨大和无私的帮助，董必武挥笔给饶国模留下了一首感谢诗：

---

① 指邓颖超。邓颖超管重庆红岩村八路军办事处荣高棠的儿子叫"小乐天"，她自己则是"大乐天"。

八载成功大后方，

红岩托足少恓惶。

居停雅有园林兴，

款客栽花种竹忙。

董必武还特意在诗后说明道：

倭寇侵逼，国府西迁。重庆襟江背岭，成为战时首都。远地来人云集潮涌，吾辈初至此邦，几难措足。铜梁饶国模女士，豪爽好客，渝郊红岩经营农场，欣然延纳，结庐其间，忽忽八年矣。当胜利还都，赠一绝志谢。

董必武的这首诗，不仅表达了中国共产党人对饶国模的全部感谢之意，也对饶国模在抗战期间的无私奉献给予了充分肯定和褒扬。

当年，饶国模与周怡事先说好的三年以后应收的房租，她不但分文未收，而且还对办事处竭尽全力予以帮助。"生老病死，样样都管完了。"

解放战争时期，她在经费上全力支持川东地下党，1948年，在川东地下党最困难的时候，她加入了共产党。

中华人民共和国成立后，饶国模欣然决定将红岩全部地产捐给国家。在一张红色绸布上，她写下了自己的捐地感言：

中共成立今届二十九周年，解放战争已获全面胜利，全国人民无不鼓舞庆祝，而直接参加革命人士更属欣慰无极。因国模自愧对革命事业贡献殊少，值兹西南解放后第一次公开庆祝伟大纪念之日无所奉祝，特将重庆市红岩村内房屋两大栋，果园一幅，连同地皮一千方丈敬献我人民政府。盖抗战时期此地为八路军驻渝办事处，毛主席及党国诸先进均曾光临，地名红岩符合红军发祥之兆。谨献此地略表敬崇，并作永久纪念云。

敬祈

中共中央西南局允纳

1950 年中共成立二十九周年纪念日

饶国模　敬礼

1949 年重庆解放后，饶国模曾任西南军政委员会监察委员会委员，后由周恩来同志亲自安排在北京居住。后当选为第二届、第三届全国政协委员。1960 年，饶国模病逝于北京。

红岩村，中国地图上一个小小的村庄，它记录了一段艰苦卓绝的历史，也见证了饶国模在理想追求上的选择。

罗广斌与小说《红岩》

提到红岩，人们很自然地就会联想到小说《红岩》，就会想到宁死不屈的江姐和许云峰，想到那个天真而又可爱的小萝卜头、"装疯卖傻"的华子良，更会想起那首久唱不衰的歌曲《红梅赞》。

小说《红岩》描写的是白公馆、渣滓洞看守所革命志士在狱中斗争的事迹。而历史上的红岩村，是抗日战争和解放战争初期八路军驻渝办事处和中共中央南

罗广斌

方局的所在地，与歌乐山下的集中营相距十多公里。它们之间究竟有怎样一种联系？它们是一回事吗？

历史上的红岩与小说《红岩》确实不是一回事，但是它们之间有一条红线贯穿始终。

小说《红岩》发表于 20 世纪 60 年代，它取材于被关押在国民党军统集中营——歌乐山下的白公馆和渣滓洞监狱中的共产党人、革命志士的斗争事迹。当年，通过策反看守带领 18 个难友逃出白公馆的罗广斌便是其中一个作者。

罗广斌出生在四川成都一个封建地主家庭，从小深受中华传统文化的影响，对历史上的岳飞、文天祥、史可法、林则徐等民族英雄都十分敬仰，将文天祥的"人生自古谁无死，留取丹心照汗青"的价值取向奉为自己的人生座右铭。

但是，他的这种崇尚正义的理想与他所处的社会现实和家庭产生了激烈的冲突。和大多数从封建家庭走出的进步青年一样，罗广斌这种自发的革命意识也是从反抗封建家庭开始的。抗战时期，罗广斌随父亲到一个小县城读书，爱上了一个贫苦的女同学，结果却遭到了家里的反对。这件事让他第一次认识到封建家庭、社会的恶毒。1944 年，罗广斌离开家里到昆明的西南联大读书。在许多同志的帮助下，他对共产党也有了一定的认识。在"一二·一"学生运动中，他表现出极大的政治热情和优秀的组织能力，被推选为"学生罢课委员会主席"。也是这次运动，让他目睹了反动派的血腥暴行，义愤填膺地写下了"血，是恨的种子"这样的诗句。1948 年 3 月 1 日，他经江竹筠、刘国鋕介绍，加入中国共产党，候补期为九个月。1949 年 9 月，因叛徒的出卖，从事学生运动的罗广斌被捕，被关押于渣滓洞监狱。

罗广斌的哥哥罗广文是国民党第十五兵团的司令。碍于其显赫的家庭背景和强硬的态度，特务不敢拷打他，感到十分棘手。后来徐远举将罗广斌转囚到白公馆监狱，要他好好反省，只要写出悔过书，就放他出狱。

出狱能继续为党工作是罗广斌所企求的，获得自由更是他向往的，只要在悔过书上签个字，这一切立马就能实现。犹豫一番后，罗广斌严词拒绝了。

1949 年 7 月，面对当时全国的局势变化，特务感到，罗广斌在他手上是一个包袱，万一有差错今后不好向罗广文交代。于是他将罗广斌的父亲请到办公室，想借家庭的力量让罗广斌悔过投降。罗广斌的父亲劝他说："你在报上写个退出共产党的说明，不要再去和政府作对，好好去读书、工作。"但罗广斌仍旧不为所动，在与父亲激烈争吵一番后，大声叫道："送我回白公馆！"然后昂首挺胸，走出了特务的办公室。

罗广斌又一次面对人生的抉择。而这次抉择，罗广斌已经没有了犹豫，变得果断而从容！因为他非常清楚，写一张悔过书太容易了，但，那就意味着投降，意味着背叛自己终其一生孜孜以求的信仰。

在监狱这个特殊的战场上，罗广斌的思想和灵魂得到极大的升华。他告诉特务："无过可悔，要释放不能附加任何条件。"特务们，当然不会给他这个条件。

曾在白公馆与罗广斌同狱相处的难友，《大公报》人顾建平曾这样评价他：

　　罗广斌这青年有骨气，他始终不肯交出组织关系。7 月，被他家人保释出去，但第二处必须要他写一张自白书或者悔过书，他仍然一个字不肯写，宁愿回到这里来，所以又抱着铺盖来坐牢……我想，假如换一个人，家庭境遇这样好，监牢生活这样苦，既然走出这黑狱，就可能考虑到恢复自由的"技术问题"，但他竟不折不扣拒绝低头，而且回到监狱时的态度、精神仍然那么正常，毫无后悔怨尤，真难得！真可敬！……

1949 年 11 月 27 日大屠杀当晚，罗广斌通过策反看守杨钦典打开牢门，并组织连同他在内的白公馆 19 名难友越狱脱险。

中华人民共和国成立后，罗广斌被分配到重庆市共青团工作。他以自己亲身所见，宣讲革命烈士的斗争事迹，引起了强烈的社会反响。刚从深重灾难中获得自由解放的群众，忆苦思甜，深受感动。他们朴素的情感和热情的反馈也深深感染了罗广斌等同志。

1956 年，罗广斌和从渣滓洞脱险志士刘德彬以及曾经在渣滓洞监狱被关押过的杨益言一起，向中共重庆市委写了一份报告，表示愿意把他们所知道的东西整理出来。于是，便有了革命回忆录《在烈火中永生》。1958 年年底，共青团中央和中共重庆市委进一步要求他们大胆尝试用长篇小说的形式来表现这个题材。

1961 年，重庆上清寺中山四路，市委常委会议室。市委常委们正在就一本即将要出版的图书名称进行讨论。之所以这样重视一本图书的书名，是因为图书内容已经在全国产生了极大的影响：作者罗广斌、杨益言和参与者刘德彬当时在全国以渣滓洞、白公馆革命烈士在狱中斗争事迹为内容做的报告，深受社会各界的好评；根据他们的报告编写的《圣洁的血花》《烈火中永生》《禁锢的世界》在人民群众中也产生了极大的反响。对于这本书的创作出版，茅盾、巴金等知名作家也提出了许多有益的建议，但书名一直迟迟定不下来。最后，时任中共重庆市委书记的任白戈提议可以用"红岩"，这是抗日战争时期中国共产党八路军重庆办事处和南方局所在地的地名。任白戈说，一听这个书名，就知道故事发生在重庆，就会想到牺牲的革命烈士是在当年南方局教育培养下成长起来的。

1961 年，小说《红岩》由中国青年出版社出版，引起了巨大的社会反响。

歌乐山下的渣滓洞和白公馆监狱关押的共产党人和革命志士的斗争与南方局大有关系。许多烈士都是在南方局的直接教育和间接影响下成长的。比如《红岩》小说中的人物原型李青林和胡其芬就是南方局机关报《新华日报》的工作人员，而南方局的同志们又十分关注白公馆渣滓洞监狱的同志和战友，他们多次提供帮助，组织营救。又如，皖南事变后被国民党蒋介石关押的叶挺将军以及南方局委员廖承志就曾被关押在集中营的红炉厂和黄家院子秘密囚室，他们就是在南方局的积极努力下被营救出来的。

中共中央南方局和以周恩来为首的老一辈无产阶级革命家是红岩精神的培育者，而歌乐山下渣滓洞、白公馆监狱中的革命烈士们的斗争则体现着红岩精神的光辉，二者之间虽然相距遥遥，却有一道红线相连。

从在狱中拒绝投降到策反看守组织难友越狱，再到东奔西走、笔耕不辍为难友宣扬斗争事迹，罗广斌等人始终坚守自己的信仰，保持对党的绝对忠诚。

暗夜里的奉献

为天地存正气，为个人全人格——何功伟

何功伟（1915—1941），男，汉族，湖北咸宁人，又名彬、斌、明理。1936 年 8 月，经胡乔木、唐守愚介绍，加入中国共产党。1940 年 8 月，根据南方局指示，担任鄂西特委书记。1941 年 1 月，国民党顽固派制造"皖南事变"，掀起第二次反共高潮。1 月 20 日，何功伟因叛徒出卖不幸被捕。

何功伟

当叛徒郑新民指认何功伟就是湖北鄂西特委书记时，特务欣喜若狂。他们立即将此重大收获上报给国民党第六战区司令兼湖北省主席陈诚。对于何功伟这样才华横溢的共产党要员，陈诚下令："务必促其转变立场，为本党所用。"

为了促使何功伟转变政治立场，陈诚派了一批又一批的说客前

去劝说，但是没有一个人能够带回令他惊喜的消息。于是，陈诚又开出了三青团干事长、农业试验区主任等职务让何功伟挑选。面对高官厚禄的诱惑，何功伟不为所动。国民党特务还试图以美人计腐化何功伟，也被他严词拒绝。后来，陈诚以国家、民族发展需要为由，决定送何功伟出国留学，但是何功伟表示："除了苏联，其他地方不去。"

数计不成，国民政府湖北民政厅向陈诚汇报："何功伟自幼丧母，由父亲何楚瑛一手拉扯长大，父子情深。"陈诚立即要求手下去做何楚瑛的工作，并且希望何楚瑛写信劝说儿子回心转意。

何楚瑛是湖北有名的乡绅，听闻儿子"犯了王法"被抓进监狱，他十分痛心。他提笔给儿子写信，劝他"识时务者为俊杰"，不要与国民党对抗，要"服从政府、效命国家"。

何功伟在狱中读了父亲的信后，非常悲伤难过。自己幼年丧母，是父亲含辛茹苦将他抚养成人，如今做儿子的不但未能多多照顾父亲，反倒让他为自己的事情担惊受怕，可谓不孝。何功伟忍受着情感的煎熬，但他也很清楚，国民党的所作所为都是为了促使自己"转向"，他不能上当。于是，他提笔给父亲写下回信：

　　儿不肖，连年远游，既未能承欢膝下，复不克分持家计。只冀抗战胜利，返里有期，河山还我之日，即天伦叙乐之时。迩来国际形势好转，敌人力量分散，使再益之以四万万人团结奋斗，最后胜利当不在远。不幸党派摩擦，愈演愈烈。敌人汉奸复从而构煽之，内战烽火，似将燎原，亡国危机，迫在眉睫。

"此敌人汉奸之所喜，而仁人志士之所忧。"新四军事件发生之日，儿正卧病乡间。噩耗传来，欲哭无泪。孰料元月二十日，儿突被当局拘捕，银铛入狱，几经审讯，始知系因为共产党人而构陷入罪。当局正促儿"转变"，或无意必欲置之于死，然按宁死不屈之义，儿除慷慨就死外，绝无他途可循。为天地存正气，为个人全人格，成仁取义，此正其时。行见汨罗江中，水声悲咽；风波亭上，冤气冲天。儿蝼蚁之命，死何足惜！唯内乱若扩大，抗战必难坚持，四十余月之抗战业绩，宁能隳于一旦！百万将士之热血头颅，忍作无谓牺牲！睹此危局，死后实难瞑耳！

微闻当局已电召大人来施，意在挟大人以屈儿。当局"仁至义尽"之态度，千方百计促儿"转向"，用心亦良苦矣。而奈儿献身真理，早具决心，纵刀锯斧钺加诸颈项，父母兄弟环泣于前，此心亦万不可动，此志亦万不可移。盖天下有最丰富之感情者，必更有最坚强之理智也。谚云："知子莫若父。"大人爱儿最切，知儿亦最深。曩年两广事变发生之时，正敌人增兵华北之后，儿为和平团结，一致抗日而奔走号泣，废寝忘餐，为当局所不谅。大人常戒儿明哲保身。儿激于义愤，以为家国不能并顾，忠孝不能两全，始终未遵严命。大人失望之余，曾向诸亲友叹曰："此儿太痴，似欲将中华民国荷于其一人肩上者！"往事如此，记忆犹新。夫昔年未因严命而中止救国工作，今日又岂背弃真理出卖人格以苟全身家性命？儿丹心耿耿，大人必烛照无遗。若大人果应召来施，天寒路远，此时千里跋涉，

18

怀满腔忧虑而来；他日携儿尸骸，抱无穷悲痛以去。徒劳往返，于事奚益？大人年逾半百，又何以堪此？是徒令儿心碎，而益增儿不孝之罪而已。

儿七岁失恃，大人抚之养之，教之育之，一身兼尽严父与慈母之责。恩山德海，未报万一。今后，亲老弟弱，侍养无人。不孝之罪，实无可逃。然儿为尽大孝于天下无数万人之父母而牺牲一切，致不能事亲养老，终其天年，苦衷所在，良非得已。唯恳大人移所以爱儿者以爱天下无数万人之儿女，以爱抗战死难烈士之遗孤，以爱流离失所无家可归之难童，庶几，儿之冤死或正足以显示大人之慈祥伟大。且也，民族危机，固极深重。然在强敌深入国境之今日，除少数汉奸败类，自外于抗战营垒；在抗战建国纲领之政治基础上，我精诚团结之民族阵线，必能战胜一切挑拨离间之阴谋。胜利之路，纵极曲折，但终必导入新民主主义新中国之乐园，此则为儿所深信不疑者也。将来国旗东指之日，大人正可以结束数年来之难民生涯，欣率诸弟妹，重返故乡，安居乐业以娱晚景。今日虽蒙失子之痛，苟瞻念光明前途，亦大可破涕为笑也。

不孝儿功伟狱中跪禀

一九四一年二月十九日

然而，这封信并没有被直接送到何楚瑛的手里，而是先被交到陈诚的手中。陈诚反复阅读了数遍，连连摇头感叹，在信上写了这样12个字："至情至性，大节大义，其伟人也！"后来陈诚将信转给了何楚瑛，并且要他去牢房再进行最后的规劝。

何楚瑛看了儿子的信后，情难自禁，放声痛哭！

再去牢房的时候，何楚瑛提上了一壶酒和几个菜。

一进牢房，儿子见到父亲很是气愤："我不是说你不用到这里来充当他们的说客了吗？你怎么又来了！"父亲没有搭理儿子，他拿碗倒上一碗酒，端着对儿子说道："我今天不是与你来争论的，我今天是来给你道喜的！"

何功伟不解地问："我在这个地方有什么好事？哪来什么喜啊！"

父亲说道："你知不知道，你的妻子许云在重庆给你生了一个胖小子？你说我该不该来给你道个喜呀！"

何功伟一听此言，兴奋地跳了起来，大声说道："我当爸爸了，我是父亲了，我有儿子啦！"他接过酒碗一饮而下。

父亲见儿子这般兴奋，立即又倒出一碗酒上前说道："孩子，那把这碗酒喝了，我们就去重庆看看你的儿子，抱抱我的孙子吧！"何楚瑛的话还没有讲完，何功伟马上打断父亲的话说："父亲，您不要劝我！"然后转过身去，不再回应。

看着如此坚决的儿子，老人只是哭泣着摇头。

他用颤抖的手端着酒碗对何功伟说道："我知道你会这样的！陈司令惜才如金，让你做官为国你不愿，让你出国留学你也不愿，你是非要往死路上走啊！你不为他用，他必不留你，我这不是一手得孙，一手丧子吗？来，你再喝了这碗酒，就当我没有你这个儿子……"

面对老泪纵横、白发苍苍的父亲，何功伟心如刀绞，他接过酒碗一口痛饮，对父亲说道："父亲，您从小教我人生要立德、立功、

立言！能有一官半职效命国家是我所愿，留洋学习西方先进科技也为我所求。但是，您看我们国家现在成什么样子啦？国土沦丧，民不聊生，半壁河山，摇摇欲坠。您不是常教导我'天下兴亡，匹夫有责'吗？难道您非要我转变立场，去帮助国民党搞亲者痛、仇者快的事情吗？"

听了儿子的一番言论，何楚瑛只是不断地摇头，流泪不止。他打断儿子的话，倒出第三碗酒，突然跪在地上大声地说道："老夫自幼饱读诗书，自以为满腹经纶、教子有方。没想到今日面对小儿所作所为竟无言以答！他日杀你者必是陈司令长官，老夫也只有收尸于北门之外。我一定在你墓碑上刻上'何少杰'三字，以使你妻儿辨认。"说完将酒泼洒在地，颤抖地站起来要走出牢房。

何功伟突然失声叫道："父亲大人！"他跪在地上向父亲重重地磕了三个响头。何楚瑛倚靠着牢门痛苦、无奈地看着这个死不回头的儿子。

随后，何功伟从稻草床铺里拿出两封信，希望父亲去重庆时交给妻子许云。

1942 年 11 月 18 日，陈诚下令在狱中秘密处决何功伟。被押出牢房的时候，何功伟含笑告别难友，昂首挺胸跨出监狱。

监狱长为何功伟在狱中不屈不挠的精神所感动，他拉住何功伟说道："你现在只要点一点头，我立即上报陈司令说你有悔改之意，可以不执行死刑！"听到监狱长的话，何功伟没有停下脚步。监狱长又冲上前去，拦住何功伟说："你就点一点头吧！"何功伟却微笑着摇摇头继续往前走。

枪声响了，何功伟倒在血泊之中，殉难时年仅 26 岁。

　　几个月后，何楚瑛辗转到了重庆红岩，董必武亲切地接待了他。何楚瑛将儿子的两封信交了出来。董必武看了何功伟的两封遗信后，建议红岩村的党员举办一次组织生活会，学习何功伟的伟大精神。

　　何功伟在给妻子许云的遗信中写道：

　　　　在临刑前不能最后和你相见一次，不能吻一吻我们的小宝宝了！我一定坚守阶级立场，保持无产阶级的清白，忠实于党……告诉我所有的朋友们，加倍地努力吧！把革命红旗举得更高，好好地教养我们的后代，好继续完成我们未竟的事业！

　　　　　　　　　　　　　　　　　　　　　　　　　　　彬

　　后来许云将何功伟未见过面的孩子取名何继伟，意为继续完成父亲未竟的伟大事业。

　　何功伟用他的鲜血坚守了他的信仰。"为天地存正气，为个人全人格"，他的名字会永远镌刻在红岩的历史上。

潜伏在敌营的玫瑰——沈安娜

1946 年 3 月，在国民党六届二中全会上，与会代表就政治协商会议达成的关于和平建国问题、军事问题、宪法草案修订问题、政府组织问题、召开国民大会问题五项决议展

沈安娜全家照

开了激烈的争论。国民党内有人认为，政协决议完全使国民党丧失领导地位，坚决不能迁就共产党，不能够实行；有的则认为政协会议五项决议是国民党、共产党，以及社会各民主党派、社会贤达共同讨论商议的结果，不能够推翻。面对激烈的争论，有的人喊出："国民党不改革，没有出路。"

没过几天，国民党元老张继手拿着共产党的《新华日报》对蒋介石说："你看看，我们争论的情况共产党全部刊登出来了！"

蒋介石接过报纸，看见张继勾画出的内容："……国民党中普遍

提出了改革国民党本身的要求。国民党必须改革。我们站在友党的立场上，完全同情国民党内这种改革的呼声……"

"这是怎么回事?!"

"在你的身边就有共产党!"张继对蒋介石大声说道。

"这还了得，立即查，查出来坚决严处!"蒋介石怒气冲冲。

接到蒋介石的命令后，国民党秘书长吴铁城立即成立了调查组，对参加上次会议的人员逐一进行秘密排查。但是，有一个人始终没有进入排查人员的视线范围。

她是谁? 她就是国民党中央党部的速记员沈安娜。

这天，沈安娜下班后急匆匆地往家里走，一进门就立即关好门窗对丈夫华明之说："蒋介石要追究泄密的事情，秘书长吴铁城已经成立了调查小组，这段时间我们要特别地注意。"华明之听完，想了一想，说："我立即把这个情况报告上级，你要沉住气，这已经不是第一次了。记住：想办法转移敌人的视线。"

沈安娜听完丈夫的话后坐在沙发上，静静地回忆自己收集情报的细节。多年来无论有无惊险的情况发生，她每天回到家中总是要静静把一天的经过想一想。这不但是她养成的职业习惯，还是她做潜伏工作的必然要求。

在上海炳勋中文速记学校学习期间，沈安娜在姐姐沈伊娜、姐夫舒日立（地下党员）和学长也就是后来成为其丈夫的华明之（地下党员）的影响下，立志追求革命。

1934年，沈安娜被炳勋速记学校校长推荐到国民党浙江省政府当速记员。每分钟能速记200字，写得一手好毛笔字的她，不但品行端正，且速记业务能力非常强，因此深得国民党浙江省政府主席朱家骅的信任。朱家骅到各处讲话做报告都要带着沈安娜做速记。在金华躲避侵华日机空袭时，朱家骅还常与沈安娜聊天。在朱家骅眼中，沈安娜是一个安分守己、工作认真、熟悉业务的抗日热血青年。

1935 年秋，经过党组织批准，沈安娜与在共产党中央特科从事情报工作的华明之结为夫妻，开始利用特殊的身份为共产党收集军事情报。她在参加会议时速记下浙江省政府保安处处长兼杭州警备司令宣铁吾清剿皖浙赣边区和浙南地区红军游击队的报告，国民党的计划及武器装备、公路碉堡的附件、图表等重要情报，并将这些情报用特殊药水写在信纸背面，然后在正面写一般的家信，经由姐姐沈伊娜，交给党组织。

1937 年 8 月 13 日，七七事变以后，日本帝国主义为了扩大侵华范围，在中国上海制造了八一三事变。华东局势动荡，华明之与党组织失去联系。

"我们必须尽快与党组织取得联系，国民政府已经迁到武汉，你到那里想办法与党组织恢复联系。"华明之对沈安娜提出要求。

23 岁的沈安娜独自一人经湖南醴陵、长沙来到了武汉。通过丈夫的入党介绍人鲁自诚介绍，在武汉八路军办事处向董必武汇报了自己和丈夫的情况，并且要求分配工作。董老亲切地对她说："你的情况，恩来同志和我们都知道了。至于你的工作，我们也考虑了，你还是要争取到国民党内部去工作……"董老又说："浙江省政府主席朱家骅，已被蒋介石任命为国民党中央党部秘书长，你可以找他要求进中央党部工作，为党继续收集情报，这很重要！也很紧迫！"

周恩来提醒沈安娜，在国民党核心部门工作，一定要注意隐蔽，既要胆大，又要谨慎。

在武汉江汉二路157号国民党中央党部，沈安娜一见到朱家骅，依旧按习惯称呼朱家骅为"主席"，并表示自己千里迢迢从浙江找到这里，想继续在朱的手下工作。

在朱家骅的印象中，沈安娜业务能力非常强，且兢兢业业。她能够来武汉参加抗战，朱家骅非常高兴："沈小姐，你从浙江赶到武汉来投身抗战，真是难得的有为青年。正好，我们中央党部秘书处正缺速记员，马上办个手续吧！"按照国民党中央党部的规定，朱家骅嘱咐有关部门立即给沈安娜办理加入国民党的手续，并且联络三名中央委员为她办理了在中央工作的"特别党证"。

沈安娜正式成为国民党中央党部秘书处、机要处的专职速记员，开始源源不断地为共产党提供情报。这些情报，为共产党在国共合作中坚持团结斗争，从斗争中维护团结提供了有效的信息。

1938年8月下旬，沈安娜和华明之来到重庆，住在下半城西二街22号国民政府"管理中英庚款董事会"的宿舍里。

1939年1月，国民党在五届五中全会上讨论制定有关"溶共、防共、限共、反共"的决议文件，沈安娜将会议有关资料秘密记录下后，立即交给华明之送到八路军办事处。董必武说："能够在会议召开前，在反共文件出台前，就来报告，非常及时，很好！"

抗日战争时期，在延安窑洞里的毛泽东和中共中央总是能及时又准确地掌握和了解蒋介石国民党在政治、军事等方面的各种企图和打算，然后公之于众，给予揭露，争取舆论上的支持，或在军事上早做准备，采取主动，使蒋介石国民党集团不敢轻举妄动。

1939 年秋，南方局组织部部长博古根据沈安娜的表现，认为她经受住了严峻的考验，在隐蔽战线为共产党做出了贡献，已经具备入党条件，决定接收沈安娜入党。

中共中央南方局常委吴克坚对沈安娜提出："你是靠真本事做速记，有效地为党收集情报，一定要不断提高专业技术能力！"为此，沈安娜在速记中还创造了只有她自己才能够辨认的一些速记符号。

1941 年 11 月，国民党又在五届九中全会上策划掀起新的"反共"高潮。当时的沈安娜即将分娩，但当她得知这次会议极其重要后，仍坚持参加会议做速记，获得何应钦和特务头目徐恩曾的报告稿以及国民党《关于党务推进的根本方针》等重要情报。

1942 年 8 月，在沈安娜的情报工作生涯中，发生了一次十分危险的事件——沈安娜的直接领导人徐仲航突然被国民党逮捕了，她与南方局的联系戛然中断。沈安娜按照周恩来曾说的"一定要注意隐蔽，既要胆大，又要谨慎"的要求，耐心等待组织的联络。为了安全起见，党组织停止了与沈安娜和华明之的联系，对二人实行了长达三年的"冷藏"。他们在给友人的信中写道："个人、家庭正和整个国家民族一样，从此要我们尝试一个更艰苦的磨炼……"

1945 年 8 月 15 日，广播中传来"日本宣布无条件投降"的消息。10 月，受中共中央情报部指派，负责国统区情报工作的吴克坚重新起用了被"冷藏"三年的沈安娜和华明之。吴克坚在回忆录中说："……我一方面向他们传达周恩来同志对他们工作成绩的肯定，另一方面希望他们继续提供情报。”

1946年年初，旧政协会议期间，国民党在晚上召开党团会议，商量第二天在会上如何对付中共和民主党派，商定在会上攻什么、守什么、谁先发言、最后谁提折中方案等。会议刚一结束，沈安娜就把会议情况写出来连夜送交南方局派来的同志。

从抗战结束到内战爆发前，周恩来对这段时间沈安娜的情报工作非常满意，说沈安娜送来的这些材料“及时、迅速、准确”，要吴克坚对沈安娜给予表扬。

想到这些年来多次化险为夷，在沙发上沉思的沈安娜站了起来，来到窗前深深地吸了一口气，眼中充满了淡定与自信。

“我这里肯定没有问题，从会场到办公室，我没有接触任何人！所有的东西都没有出过这个大门……”

沈安娜为明天就要到来的盘查做好了心理准备。

翌日，处长让大家回忆当时有何异常情况，这时沈安娜若无其事地问了一句：“中央社的×××是常来的，那天他好像也来了吧？”

沈安娜深知国民党内部矛盾很多，又都抱团排外，而中央社那个记者并不在场，无法核对。因此，沈安娜不经意的一句话，引得大家议论纷纷。“那些记者，像苍蝇一样到处盯，一天天就想抢新闻。”“这些人！泄密的最大嫌疑人就是他们……”

秘书处头头怕负责任，也不愿自己的部下出事。最终，这个在报上攻击共产党的铁杆记者，被当成泄密人处理了。

上海解放后，沈安娜继续在党的秘密情报战线上工作，华明之则离开了情报战线。1983年，沈安娜从上海市国家安全局的工作岗位上离休，华明之从上海国际问题研究室离休。随后，他俩被国家安全部聘为咨询委员，从上海迁居北京，安度晚年。2003 年，华明之在北京病逝，享年 91 岁。2010 年，95 岁高龄的沈安娜因病去世。

沈安娜，一朵潜伏在敌人心脏的谍战玫瑰，一位富有隐蔽战线斗争经验的巾帼英雄。她把一生都奉献给了革命事业，对党绝对忠诚。

悄然绽放的石榴花——张露萍

2005 年 7 月，一位 85 岁高龄的老人再次登上了贵州息烽快活岭，并写下了一首诗："苍山埋忠骨，浩气满大川。梦随孤魂绕，怎不忆延安！"

这位老人名叫李清，他写下这首诗是为了纪念他的妻子——红岩烈士张露萍。

张露萍，原名余家英，化名余慧琳、黎琳等，1921 年生于四川省崇庆县。中学时，她与同学车崇英关系甚好，而车崇英的父亲正是中共川西特委负责人车耀先。1937 年 6 月，在车耀先的教育和影响下，张露萍参加了中华民族解放先锋队等组织。同年 12 月初，在车耀先的鼓励和安排下，她和几个同学一起悄然离开成都，踏上了奔赴革命圣地——延安的征途。

1938 年 2 月，历经千辛万苦，张露萍和她的同学终于到达延安。在延安，她改名为黎琳。从陕北公学到抗日军政大学，充实的革命生活让她心潮澎湃。1938 年 10 月，她光荣地加入了中国共产党。此时的她，已经从当年那个充满好奇心的爱国青年成长为信念坚定的革命战士。

1939 年夏，经组织批准，张露萍和延安马列学院的教员李清结婚。但婚后没多久，张露萍便接到委派，从延安去到重庆，成为中共中央南方局军事组的一员。在叶剑英的领导下，她由黎琳改名为张露萍，伪装成张蔚林的表妹，与张蔚林、冯传庆等人一起在国民党军统电台内组建了秘密支部，并且发展了电讯报务员赵力耕、杨洸、陈国柱、王席珍为秘密党员。在国民党军统电台工作期间，她总是能准确地搜集到国民党的情报，并及时地将情报发回延安，使共产党成功掌握了军统电台的分布点和军统特务的隐蔽名单，为粉碎国民党反共高潮起到了举足轻重的作用。

但不幸的是，1942 年，这个组织被国民党军统局局长戴笠发现。当戴笠发现自己的核心电台有共产党的七人秘密情报小组时，他恼羞成怒。一怒之下，他下令立即将这七名共产党员逮捕，并进行严刑拷打。

戴笠判断，张露萍等人绝对是周恩来、叶剑英手下的特工。于是，他决定在周恩来、叶剑英的驻地曾家岩将她释放，以此来"放长线钓大鱼"。

1940 年 2 月的一天，重庆上空乌云密布，位于曾家岩 50 号的周公馆内气氛凝重，南方局军事组正在商量张露萍等人被捕后的影响和对策。就在这时，他们忽然接到情报，发现张露萍正朝着后门走来，后面还有国民党的特务跟随。此时的南方局军事组并不清楚，究竟是国民党想以张露萍为诱饵，还是张露萍早已叛变。正在怀疑之时，张露萍已经渐渐走近。但是，当她走到周公馆门口时，她并没有走进，甚至看都没有看一眼，就昂首阔步地走过去了。当时，她离大门只有一米远，跨一步就可以进到院子里来。但她并没有选择进去，而是决然地离去了。

1941 年 3 月，张露萍等七人被转移到贵州息烽监狱。1945 年 7 月 14 日，贵州息烽监狱，特务高声嚷道："253、254……收拾行李，马上转移！"

"他们要转移到哪儿去？"

"可能是释放了吧，关了好几年，都不知道是什么案子。"

"他们到底是哪条线的？"

……

狱中的人都警觉起来，议论纷纷。刚刚被关进狱中的人可能还不知道"转移"的真正含义，但长期被关押的人都知道那是生命大限期要到了。张露萍被押到院坝后，身体微微颤抖，两只眼睛死死盯着狱中的其他人。所有人都意识到她有话想说，但直至临刑前，她也没透露出一个字。

临刑前，没有人知道张露萍等人的真实身份。在此后的很长一段时间里，也没有人知道他们的真实姓名。直到 20 世纪 80 年代，张露萍、张蔚林、冯传庆、赵力耕、杨洸、陈国柱、王席珍等人才得以被评定为烈士。

1984 年，张露萍、张蔚林、冯传庆、赵力耕、杨洸、王席珍、陈国柱七位因"军统电台案"牺牲烈士的遗骨迁到了贵阳市息烽县阳朗村西北 1 公里处。

1985 年春，张露萍的丈夫李清第一次爬上了息烽县快活岭。他终于知道，原来当年失踪的妻子并没有叛变，而是被派去从事更危险的地下工作。看着墓前一束束的鲜花，李清想起了张露萍在延安时最喜欢唱的一首歌："五月的鲜花，开遍了原野，鲜花掩盖着志士的鲜血……"

张露萍殉难时年仅 24 岁。她曾在自己的诗歌里写道："七月里山城的石榴花，依旧灿烂地红满枝头。它像战士的鲜血，又似少女的朱唇……"24 岁的她，以满腔的热血，悄然绽放成了一朵鲜艳的石榴花。

身家百万的无产者——卢绪章

1949年6月12日，在上海解放后的第一次工商界人士大会上出现了一个人，使与会的工商界人士大为震惊！大家无法理解的是，陈果夫跟前的大红人卢绪章，怎么能与共产党的高级领导干部一起出席会议呢？没过几天，一封封来自工商界人士检举、揭发大资本家卢绪章的信，出现在陈毅市长的办公桌上。

卢绪章，在商界同行眼里，心狠手辣、为富不仁。在灯红酒

青年卢绪章

绿、纸醉金迷中，他出入豪门，挥金如土。但，谁也想不到，西装革履之下，他其实是一个穿着补丁衬衣的革命者，被誉为"与魔鬼打交道的人"。

他为什么被誉为"与魔鬼打交道的人"？

卢绪章，1911 年 6 月出生于浙江省，16 岁在上海通源轮船公司当实习生。为了求生存，他业余时间在上海商会办的夜校学习，掌握了贸易、海关等一些商业知识。同时，他学习外语，在与洋买办的交流中积累了经商的经验。"革新社会、捍卫民族"是他在码头目睹中国经济被帝国主义垄断、"华人与狗不得入内"的租界状况后，在民族自尊心的促使下立下的志向。1933 年，卢绪章与友人田鸣皋、杨延修、张平、郑栋林等依靠仅有的 150 法币（相当于现在的 6000 元人民币），在上海天潼路恰如里 18 号二楼亭子间里办起了广大华行，做进出口贸易和药品、医疗器械的邮购业务。1935 年，广大华行成为略具规模的西药商行。五位广大华行创始人在嘉兴南湖雇了一条游船，在船上开了一次股东会议。会议做出有关经营管理、人事安排等六项决策，其中一条是"积极参加抗日救亡活动，争取建立进步的青年社团"。可见广大华行的南湖会议，也是一次指引革命航程的会议。1936 年 1 月卢绪章参加上海职业界救国会，成为骨干成员，在上海地下党的领导下，联络在洋行中的华员组建公开、合法的群众性联谊组织，以团结更多职业的爱国青年参加抗日救亡运动。1937 年 9 月他参加上海全国文化界救亡协会举办的抗日救亡工作人员训练班，训练班里有共产党员杨浩庐（中华人民共和国成立后曾任外贸部副部长）。10 月，卢绪章在杨浩庐的介绍下，正式加入中国共产党。后又介绍杨延修、张平加入中国共产党。

从此，广大华行开始在党的领导下开展经济活动。

1939 年 5 月，中共中央南方局指示江苏省委书记刘晓物色懂经

济的党员到重庆建立秘密
机构，执行交通、情报、
经济方面的任务。1940 年
春，江苏省委地下党负责
人刘晓选派卢绪章到重庆
红岩接受任务。中共中央
南方局书记周恩来决定开
辟党的经济战线，将广大

晚年卢绪章

华行作为南方局直接领导下的秘密经济实体，为党筹措经费。周恩
来对卢绪章交代，广大华行内的党员由卢绪章单线领导，不许同重
庆地下党发生横向联系，一定要做到社会化、职业化、合法化。周
恩来要求卢绪章对外要广交朋友，包括国民党方面和右派的朋友，
但同时要做到"出淤泥而不染，同流而不合污"。

接到指示，卢绪章在重庆市中心的民族路上购置了一块沿街建
筑物已被炸毁的地皮，盖起了一座两层小楼房。楼上作为广大华行
总行办公室；后楼是卢绪章和他夫人毛梅影的卧室；楼下是广大华
行的门市部，公开出售药品和医疗器具。由于卢绪章有在上海的货
源渠道，又有实际的商业经营经验，再加上广大华行销售批发的药
品和医疗器具价格公道，货源充足，广大华行的生意很快在重庆做
得风生水起，开始不断地为南方局提供经费。

1941 年，皖南事变后，周恩来将卢绪章的广大华行等经济机构
划为三线。1941 年 4 月，卢绪章派张平在成都建立了分行；派张先
成在贵阳联合中央信托局衡阳办事处职员包玉刚建立了中美行，经

营服装百货。加上重庆广大药房、成都广大华行、昆明中和药房，广大华行的总资本达到 500 万法币。太平洋战争爆发后，美元对法币汇率上涨，广大华行借机掌握了一大批美元。1942—1944 年，广大华行不断发展，卢绪章主持在重庆买卖黄金、外汇，代办上海与大后方的汇款业务。

为了方便做生意，卢绪章豪气大方，广交各界人士。他结交国民党军委会委员长侍从室专员少将施公猛，获得国民党特别党证和二十五集团军少将参议头衔；他与国民政府卫生署医药司司长余松筠、处长曹志功、重庆卫生局局长王祖祥交往，方便他从事药品买卖生意；他拉拢军统少将严少白、梁若节，让他们投资入股，只赚不亏。卢绪章经常主持饭局，盛情款待这些国民党要员，送钱送物联络感情，为自己编织了一张"赚大钱"的关系网。1942 年，韶关地下党急需经费，按照周恩来的指示，必须由卢绪章亲自将 8.5 万法币送到韶关地下党郭联络员手中。不料接款的郭联络员被敌人逮捕并叛变。为了抓捕交款人卢绪章，叛徒在特务的监视下在重庆到处寻找，形势十分紧张。卢绪章遵照党的指示，在短期内必须离开重庆，可普通百姓和商人又不允许乘坐飞机，必须是政界人物才能购飞机票离开重庆，于是卢绪章就给施公猛打了通电话，说因有生意业务急需购买一张去昆明的飞机票。施公猛当即将委员长侍从室的专印证明送到了卢绪章手中，并在证明信中写道："兹有少将参议卢绪章因公赴滇，特此证明。"这样，卢绪章很快就购到民航的飞机票，顺利地通过了民航检查站站长严少白的审查。第二天，卢绪章就飞到了昆明。

按照南方局"扩大经营规模、加速资金积累、提高社会地位"的指示，1942年，卢绪章联合民生公司的卢作孚创建了民安保险公司，本金1000万法币。卢作孚出任总经理，卢绪章任协理。

1944年，抗战即将胜利，卢绪章决定从广大华行抽出20万美元，派党员舒自清以蒋介石妻弟、国民党机要室主任毛庆祥创办的生产促进会的名义去美国开展国际贸易。舒自清到了美国以后，和施贵宝药厂等美国企业建立业务关系，并将广大华行推为施贵宝药厂在中国的销售总代理。舒自清在美国成立了广大华行纽约分行。广大华行又派人到香港经营业务，采购了大批药品。这样，广大华行的业务从国内发展到国外。

1945年1月，卢绪章在重庆又成立民孚企业股份有限公司，注册资本为1000万法币。8月，抗战胜利，举国一片欢腾。10月初，在重庆红岩村八路军办事处毛泽东接见了卢绪章，要求他继续"当好资本家，为党赚钱"。

面对迫切地想去解放区做经济工作的卢绪章，周恩来则认为卢绪章应该继续当这个"特别资本家"，由刘晓单线领导。因为四大家族的陈果夫十分赏识卢绪章，这利于为共产党秘密筹集经费。共产党需要卢绪章继续在这个特殊战场上战斗。

1946年，上海中心制药股份有限公司创办，陈果夫为董事长，卢绪章为总经理。接着，卢绪章又去香港等地开设南洋银行、广业房地产公司等金融机构和企业。全盛时期，广大华行资产高达119亿法币。从1937—1948年，这位传奇式的中共地下党员企业家，为党筹集经费近400万美元。但他的个人生活异常俭朴，从不允许员工和家人浪费一分钱。他常说，这些钱都是共产党的，共产党员赚的钱都要上缴组织。

1948—1949年，卢绪章先后两次为中共港澳工委提供了15万美元，给湖北和西南党组织提供经费2万港币。1949年年初，卢绪章交给党组织现钞100万美元，并向上海地下党提供1亿法币的经费。

1949年广大华行按照党组织要求与华润公司合并，卢绪章回京参与新中国建设，又向党中央上交了200万美元。

在工作中，卢绪章出入固然有汽车，赴宴也是西装革履。但谁也不会想到，这位身家百万、正当英年的"大富豪"，贴身的衬衣却打着补丁。为避免引起怀疑，他不能把衣服拿到洗染店，甚至不能请人代洗。于是，这件打着补丁的贴身衬衣只能由他夫人亲自洗。洗过之后，将马铃薯磨成浆，抹在领子上，再用熨斗烫平，以使衣领保持硬挺。这就是这位西装革履的"百万富翁"不为人知的秘密。卢绪章的妻子和他一起过着清贫的生活，甚至没有一件像样的首饰。可这对拥有数百万美元资产的夫妻，在革命事业需要他们时，却那样慷慨大度——不仅心甘情愿献出每一分血汗钱，甚至随时准备献出自己的生命。

卢绪章始终牢记周恩来的嘱托："要像六月风荷，出淤泥而不染。"他以实际行动展现了共产党员廉洁自律的高尚品格。

宁亏自己，不损组织——王辉

她是一位平凡的老人，经历并不复杂，中华人民共和国成立前后一直都在我党的经济战线工作。在谈到红岩的历史时，很少有人会提到她。甚至在有关红岩的展览中都没有出现过她的名字或相关的资料。这样一位平凡的老人却有一个了不起的别称——"掌握周恩来活动经费的人"。这位平凡的老人名叫王辉。

1940年，王辉受党组织派遣，从桂林八路军办事处调到重庆八路军办事处，负责掌管中共中央南方局的秘密经费。

周恩来和南方局的其他领导经常把一笔一笔经费交给王辉。对于这些经费，王辉有特殊的保管方式。在后来的一次采访中，她曾回忆说："我在南方局负责特别会计工作，掌握着一些地下党活动经费的重要机密，在周副主席的严密布置下，我把不得不保留的机密都写在很薄的纸条上，一旦有情况，手中的机密材料只需一根火柴就可以立即化为灰烬。"

在南方局掌管秘密经费期间，周恩来经常提醒王辉，要把每笔账目都登记清楚，并做到绝对保密。因为这些钱大多是爱国同胞、外国朋友捐助的活动经费，一旦暴露，那些捐款人和组织会受到国民党的追查和政治迫害，甚至还有生命危险。

王辉始终牢记，在保管和开支这些经费的过程中，她严于律己，照章办事，不敢有半点马虎或懈怠。

1944年，党组织为了解决王辉与家人两地相隔的实际困难，决定调她去延安工作，与家人团聚。知道这一消息后，王辉高兴得几天几夜都合不上眼，甚至已经开始憧憬与家人团聚后的情景。越到临行前的几天，她越感到时间过得太慢，真恨不得一下飞到延安去。

王辉迅速地与接替她工作的同志办了交接，回到了日思夜想的延安。与家人朝夕相处，王辉感到温暖和幸福。尽管学习、工作的压力增加了，尽管生活条件与重庆相比有差距，但与和家人团聚的喜悦相比，一切的困难都显得太微不足道了。

然而没过多久，一个惊天的消息把王辉的高兴冲刷得荡然无存！重庆方面传来消息，王辉交接的账目差一万法币。这消息犹如晴天霹雳，让王辉难以置信：怎么会出现这样的事情？她仔细回忆每一个交接的细节，却始终找不到有任何失误的地方。她将有关情况向组织做了汇报，并保证：自己绝对没有挪动过一分钱！她还直接向周恩来报告了交接时的每一个动作和过程，甚至是每一笔钱的具体数目。周恩来出于多年来对王辉的了解和信任，并没有直接批评和责怪她，但希望她好好接受教训。

可尽管这样，王辉心里还是痛苦极了。这件事不仅关系到自己的名誉，更关系到组织的利益，一万法币可不是个小数目啊！在百思不得其解之后，王辉不得不接受这个难以接受的事实：自己的工作出现了重大失误，给组织造成了损失。

一万法币的差错，给王辉造成了极大的精神压力和心理负担。但出于保密工作的要求，王辉不可能向她的任何一个朋友倾诉，以得到一些同情。她更不可能向家人提及，以获得一些安慰。她向党组织表示："不管怎样，宁亏自己，不损组织！无论如何一定想办法把钱如数还给党组织。"

为了能够尽快还钱，王辉将重庆带回的一些生活物品和衣物全部变卖，家中能够变现的物品也被一一卖掉。她不断地给外地的亲人写信，希望他们给自己多多寄钱。她甚至利用休息的时间，抓住一切可以挣钱的机会去做苦力，干活！

为了节省每一分钱，她让孩子每天只吃两顿饭，有时候孩子饿得哇哇大哭，王辉只能含着眼泪，哄孩子快快睡觉。

为了还钱，王辉消瘦了，也憔悴了。

为了还钱，他们家里已经一贫如洗。

为了还钱，他们一家经常断炊少粮。

王辉就这样咬紧牙关，死死地硬撑着！终于，她凑齐了这一万法币，如数交给了组织。那天，她如释重负，安稳地躺在床上，终于睡了一个踏实觉。

一天，王辉突然接到组织的通知，要她马上到周恩来的办公室去。王辉没有多想，一路小跑地赶去。当她敲门的时候，听到了自己熟悉的声音说："进来！"她推门进去，看到周恩来微笑着，起身朝她走过来，可是周恩来脸上的微笑在他行走的过程中慢慢消失了。周恩来看到眼前的王辉变得憔悴、消瘦，关切地问她是不是家里出了什么事。

泪水在王辉的眼眶里面打转，许久，她哽咽着说："我已经向组织交了一万法币，损失全部弥补了。"

周恩来立即对王辉说："我今天找你来，就是要说这件事情……"

王辉不等周恩来说完，便急着接过话说："我做好了思想准备，不管什么处分，我都会接受！我知道秘密工作的纪律。"虽然她知道打断领导讲话非常不礼貌，但此刻她已顾不了这么多了，她急于向周恩来表明自己勇于承担责任、有错必改的决心。

周恩来立即上前拉住王辉的手告诉她，差钱的事责任不在她。

王辉不敢相信自己的耳朵，她瞪大了眼睛，怔怔地看着周恩来问道："什么？真相搞清楚了？不是我的错？"

周恩来微笑着告诉王辉，差的那一万法币是捐款者少交了，后来已经补交了。原来，王辉清点时并没有拆包，只是根据包裹上写的数目清点。所以，责任并不在她。

听到这里，王辉的眼泪夺眶而出，不禁"哇"的一声大哭了起来。数月来的痛苦、伤心、委屈一下子全被泪水带了出来……

周恩来紧紧握住王辉的手安慰她，并称赞她是个好同志。

随后，周恩来从办公桌上拿起一个一万法币的信封交到王辉的手上，让她赶快去给自己和家人买些生活用品和营养品。

激动不已的王辉，满脸挂着泪水。看着装有一万法币的信封，看着周恩来对自己充满信任的眼神，她深情地说："我不要，我不要，这一万法币，就当作是我交给组织的党费吧，组织比我更需要它……因为我是党的人!"

"宁亏自己,不损组织"是共产党员坚持党性的一种体现,更是共产党员优良作风的印证。

红岩风范不是一个简单的名词,红岩作风不是一个随意的概念。"宁亏自己,不损组织",王辉 1937 年加入中国共产党,一生从事党的经济工作。在 43 年的经济工作中,她刻苦钻研金融业务知识,严格要求自己,做到一尘不染。她用实际行动告诉我们,何为红岩风范,何为红岩作风。

三块银圆的纪念——肖林

1941 年 3 月，奉中共
川东特委书记廖志高的指
示，中共地下党员、民生
公司物产部工作人员肖林
来到红岩村八路军驻重庆
办事处。办事处处长钱之
光同志接待了他，并要求
他住在红岩，等待第二天
周恩来给他交代重要的工
作任务。到底是什么样的

肖林夫妇重返红岩

工作任务，需要周恩来当面亲自交代呢？

当天晚上，肖林躺在床上反复思索：又会有什么新的任务呢？
是不是要自己离开民生公司到新的岗位？或是自己秘密创办的《人
力周刊》要进一步扩大发行？又或是批准自己去延安？思来想去，
肖林凭直觉隐约感到这项"新的任务"一定尤为重要。事实上也的确如此。

1939 年，中共中央南方局书记周恩来为了解决工作经费问题，决定建立党的第三战线，也就是经济战线。这一时期，国民党对共产党搞经济封锁，再加上物价上涨，开支不断增加，导致八路军、新四军的军需供应和各地办事处的运行十分困难。为了适应持久战的需要，加大力度开展地下经济工作就显得尤为重要。

当时，南方局要求川东地下党物色、挑选具有经济才能且党性强的同志下海经商，为党筹措经费。于是，已经在党的经济战线上崭露头角的肖林便出现在了八路军驻重庆办事处，并且见到了周恩来。周恩来在听取了钱之光对肖林的情况介绍后认为，要根据国统区的条件，开展国统区的经济活动，不能一味照搬延安的办法拓展经费来源。

南方局党委决定让肖林从现在开始从事经商活动，组织关系由钱之光单线联系。周恩来让肖林不要怕别人说他唯利是图，他赚的钱不是为了个人私利，而是为了党的事业。

肖林没有料到，组织上竟然是要自己去当资本家！想到要去做自己猛烈批判过的"剥削者"，肖林觉得命运跟自己开了一个天大的玩笑。但是，看到周恩来严肃认真的表情，他还是没有说出自己内心第一时间产生的真实想法。他意识到这是组织上交给他的一项艰巨而必要的任务。

最后，因为事先很难预料党在哪些地方要用钱，所以周恩来给肖林定了个原则：什么时候要，就什么时候给；要多少，就给多少；即使不够，也要想方设法凑足，绝不能误事。此项秘密工作，党内由钱之光负责指挥，社会上由肖林和妻子王敏卿专职经营。

艰巨而复杂的新任务并没有让肖林退缩，他向周恩来说了一句简单而又有分量的话表明自己的态度："这是对我党性的考验，我坚决完成任务！"

1941年4月，一家经营土纱、食糖、植物油等土特商品的恒源字号商行在江津县城隆重开张，肖林出任经理。不久，恒源字号重庆分号设立，随后恒源字号又在宜昌附近的三斗坪设办事处，收购土特产品。到了抗战后期的1944年，恒源字号商行扩大发展为大生公司，经营业务又增加了五金、木材、西药等种类。

从1941年4月到1946年5月，整整五年多的时间，为了实现从恒源字号到大生公司的发展壮大，肖林和王敏卿两位由南方局直接领导的"地下党员资本家"每天起早贪黑，辛苦经营。他们和当时重庆的很多中小商人一样，细心地操持着每一笔生意和买卖，"唯利是图""见钱就赚"；他们甚至有时候还钻国民党政府的空子，囤积居奇，买空卖空，打打"擦边球"，绝不放弃任何赚钱的机会；他们联络培养各种关系为自己所用，拼命地为党组织找钱、挣钱。五年中，只要南方局钱之光下达指令，需要提钱，他们总是绝对满足。肖林、王敏卿夫妇始终铭记着周恩来给他们定下的原则：什么时候要，就什么时候给；要多少，就给多少；即使不够，也要想方设法凑足，绝不能误事。

抗战胜利后，肖林奉命到南京梅园新村，钱之光向肖林传达了周恩来的新指示："形势虽有变化，但地下经济工作的原则不变，一定要赚钱，仍然随时需要随时支付。"钱之光告诉肖林，要立即将公

司全部业务转到上海，扩大业务范围。重新打开局面，需要的开支
和经费可能会增加，但是党现在不可能增加投资，肖林要自己想办
法解决一切困难。

1946年5月初，根据周恩来和钱之光的指示，肖林开始把公司
业务逐步向上海转移。8月，肖林到上海后，新成立了华益贸易公
司，并在青岛、徐州、蚌埠等地设立了公司的分支机构。后来他又
依靠驻守青岛的国民党第八军军长李弥，开办了一家中兴公司。肖
林的华益贸易公司还同山东解放区在上海的经济实体联合，从山东
大量运进花生油、粉丝、水果等批发给十六铺地货行出售，然后买
回布匹、药品等物资运到解放区。

当时，山东解放区缴获了大量黄金、美钞和法币，而法币在解
放区完全就是废纸。于是，一项暗运黄金、美钞和法币的行动开
始了。

肖林亲自出马，将黄金、美钞和法币装入盛花生油的油桶内，
秘密运到上海。美钞供华益贸易公司开展业务活动使用，法币由肖
林转交中共代表团驻沪办事处，而黄金则由肖林将刻有"烟台"字
样的小光宝，全部改铸成上海通行的十两金条，交给中共代表团驻
沪办事处。1947年3月，中共代表团从上海撤退时，三千多两黄金
由身兼财务委员会书记的董必武和办事处成员分别用马甲或腰袋装
好，随身带走。

在中共驻上海代表团撤离前，钱之光经常从肖林的华益贸易公
司取钱，华益贸易公司也因此被称为"地下党的秘密金库"。这些
钱，有的用于安抚烈士的家属，有的用于补贴生活困难的党员家庭，

有的用于照顾处境窘迫的知名人士，更多的则是交给了党组织。

1947 年 3 月，内战愈打愈烈，为了安全起见，肖林又把中兴公司迁到上海与华益贸易公司在同一处经营。

1948 年 1 月 30 日，上海申新第九棉纺织厂工人罢工，抗议厂方无故开除工人及克扣年终奖金。2 月 2 日，国民党政府出动大批军警进行镇压，打死 3 名女工，重伤 40 多人，造成了震惊全市的申九惨案，各界民众迅速掀起声援浪潮。为了活动开展需要，上海地下党的负责人刘晓一次性从肖林处取走 3 亿法币的支票。在上海，肖林和王敏卿坚决按照南方局的指示，保证党的经费需要，从未因为提款取现出过任何问题。

1948 年，中华人民共和国即将成立，大量知名进步人士从上海启程，转道香港，秘密前往大连，最后抵达已经解放的北平。一次又一次的指令，提走一笔又一笔的路费、生活费，肖林都按照指定地点，将钱款或支票如数送去。肖林和妻子王敏卿共同创造的"地下党秘密金库"为党的革命事业提供了坚实的物质基础，甚至为中华人民共和国的成立提供了可观的财力保障。王敏卿在中华人民共和国成立后曾回忆说："我们是身着华丽衣饰的神秘送款人，身后跟着一个十七八岁的小伙子——公司会计王凤祥。送款人和收款人都心照不宣，谁也不能打听对方的情况。"

肖林这一肩负特殊使命的"老板"，共为党筹措了多少经费，并没有明确统计。我们现在只知道，当华益贸易公司等地下经济机构宣告撤销时，这些机构共计向中共中央上交黄金约 12 万两，其他固定资产折价 1000 多万美元。

肖林常对他的夫人王敏卿说："我们什么样的钱没见过？那时候，常把装着金条的小盒子存放在家里。但那都是党的财产，一分一厘也不能挪用的。虽说都是在经商，但我们跟那些商人不一样。我们是在为党挣钱。"

肖林做生意时保留的三块银圆

与金钱打了一辈子交道的肖林、王敏卿夫妇，最后还将自己留作纪念的三块银圆也捐给了重庆博物馆。肖林用实际行动完美诠释了什么是"忠诚、干净、担当"。

牢狱中的斗争

千古功臣——杨虎城

西安事变是中国近代史上的重大事件，它的和平解决，基本结束了十年内战，为抗日民族统一战线的建立提供了必要前提。作为国民党陆军二级上将的杨虎城，因与张学良一起策划这场事变，扣押蒋介石、逼他抗日，在国民党的牢狱里被囚禁十二余载，于中华人民共和国成立前夕被国民党杀害。

周恩来称赞他和张学良是"千古功臣，民族英雄"。

1893年，杨虎城出生于陕西省蒲城县一个贫苦农民家庭。1912年，他投身于孙中山先生领导的辛亥革命。1924年经孙中山介绍加入国民党，拥护"联俄、联共、扶助农工"三大政策，随后任国民联军第十军军长，率部东出潼关出师北伐。1930年以后，国民政府先后任命他为十七路军总指挥、陕西省政府主席、西安绥靖公署主任、国民党中央监察委员等。

常年的军阀混战使杨虎城在蒋介石、阎锡山、李宗仁、冯玉祥的中原大战快要结束之时得出结论："中国的新军阀没有一个能斗过蒋介石，能同蒋介石斗的只有中国共产党。我们要同蒋斗，只有同共产党合作。"这一认识成为杨虎城日后为国家民族奋斗，与中国共产党建立关系的基本出发点。

1935年10月，中央红军与陕北红军在陕甘革命根据地的吴起镇会师。蒋介石在西安成立"西北剿匪总司令部"，调集东北军、十七路军进攻陕甘革命根据地。1936年冬，日军进犯绥远，民族危机空前严重。蒋介石不断威逼杨虎城和在西北的东北军将领张学良攻打陕北红军。面对举国上下要求停止内战与蒋介石坚持"先安内而后攘外"的矛盾，12月12日，张学良和杨虎城联合发动了震惊中外的西安事变，扣押了蒋介石，逼蒋抗日。

事变爆发后，南京的亲日派要求讨伐张学良、杨虎城，轰炸西安，激化矛盾，置蒋介石于死地，以便组建亲日政府。而以四大家族为首的亲美派则从维持蒋介石的统治出发，力求通过和平解决的方式来保住蒋介石的性命。各地方实力派的反应也各有不同，社会舆论更是纷纭不一。在瞬息万变的政治形势中，张学良、杨虎城发电邀请中国共产党到西安商谈事宜。12月17日，周恩来、博古、叶剑英、罗瑞卿等中共中央代表乘坐张学良专机抵达西安。周恩来当晚即与张学良会面，次日又与杨虎城恳谈，向他们转达了中共中央关于避免内战、和平解决事变的方针。在综合分析国内外各方面的形势和反应后，周恩来建议可以明确提出"保证蒋介石安全"，来稳定局势、争取多数，进而逼迫蒋介石接受"停止内战，一致抗日"的建议。这与张学良、杨虎城发动事变的初衷完全一致。周恩来又同宋子文、宋美龄最后达成改组国民党与国民政府，驱逐亲日派，容纳抗日分子；释放上海爱国领袖，释放一切政治犯，保证人民自由权利；停止"剿共"政策，联合红军抗日；召集各党各派各界各军的救国会议，决定抗日救亡方针；与同情中国抗日的国家建立合作关系等协议。12月24日晚，周恩来会见蒋介石，蒋介石表示同意谈判议定的六项条件，但他要求不采取签字形式，而以他的人格担保履行这些条件。

至此，西安事变初步得到和平解决。

西安事变和平解决后，蒋介石却背弃了"不予报复"的诺言，将送他回南京的张学良交付军法处审判；继又假惺惺通过"特赦"，宣布由军委会对张学良"严加管束"，实为长期软禁。

蒋介石处理了张学良后，又来对付杨虎城。他逼令杨虎城辞去西安绥靖公署主任及十七路军总指挥职务，委任他为欧美军事考察专员到美国、法国、比利时考察。名为考察，实为将他赶出中国，让其流亡海外。为了抗日大计，杨虎城忍辱负重，从上海乘船经日本到美、欧考察。

1937年7月7日卢沟桥事变爆发后，杨虎城连发急电给宋子文，提出："日寇进迫，国将不国，噩耗传来，五中痛愤，弟一革命军人，何以忍此时逍遥国外，拟由旧金山返国抗敌，乞转陈委座。"7月17日，杨虎城致电蒋介石，希望回国抗战，却收到"继续考察"的复电。在杨虎城的一再要求下，10月2日，宋子文忽来电曰："兄虽未奉电召，弟意宜自动回国。"

杨虎城收到电报，决定立即回国。

随行人员劝他千万不能回去，并以张学良至今被软禁为例劝说，然而他却义无反顾地返回国内。一到香港，他就遭军统特务监视。几天以后，戴笠以蒋介石在南昌召见为由，将他骗往南昌扣押。从此，杨虎城开始了长达十二年的囚禁生涯。

在囚禁期间，杨虎城将军多次质问当局："我杨虎城回国抗日，何罪之有？即使有罪，也应该让我戴罪立功，效命疆场。"蒋介石曾几次派人去劝说杨虎城，"启发"他在报上发表声明，公开揭露西安事变的所谓真相，要他承认西安事变是受了共产党的挑动而发起的。面对这些国民党官员的劝说，杨虎城义正词严地说："我杨某人是堂堂军人，非三岁顽童，我发动西安事变，纯系当时国内严重形势和各界抗日爱国热情所逼，绝非受某些人的挑动。"蒋介石为此对杨虎城恨之入骨。1949 年 9 月 6 日，蒋介石下令将杨虎城秘密杀害于重庆歌乐山松林坡，然后将其尸骨埋在花坛内，种上花草，掩人耳目。

在"天下兴亡，匹夫有责""先天下之忧而忧，后天下之乐而乐"的传统爱国思想影响下，受中国共产党"抗日民族统一战线"方针的感召，在中华民族生死存亡的危急时刻，杨虎城勇敢地站了出来，与张学良一起发动西安事变。西安事变对扭转国家前途命运起到了至关重要的作用。杨虎城也得到了中国共产党和中国人民的高度评价，他是国家的千古功臣。

在新中国成立 60 周年之际，中共中央宣传部、中共中央组织部、中共中央统一战线工作部等 11 个部门联合组织开展"100 位为新中国成立做出突出贡献的英雄模范人物和 100 位新中国成立以来感动中国人物"评选活动，杨虎城被评为"100 位为新中国成立做出突出贡献的英雄模范人物"之一，这位千古功臣永远活在人民的心中。

在烈火中永生——叶挺

囚　歌

为人进出的门紧锁着，

为狗爬走的洞敞开着，

一个声音高叫着：爬出来呵，给尔自由！

我渴望着自由，但也深知到（道）

人的躯体那（哪）能由狗的洞子爬出！

我只能期待着，那一天，

地下的火冲腾，把这活棺材和我一齐烧掉，

我应该在烈火和热血中

得到永生。

这是叶挺被关押在重庆国民党红炉厂秘密囚室时，面对高官厚禄的诱惑，面对监禁的折磨，决不屈服、决不投降的真实写照；是他捍卫自己人格、尊严的呐喊；是他对人生价值的追求。

在1946年旧政协会议期间，中共联合民主党派一再呼吁国民党释放被关押的"政治犯"，3月4日叶挺获释出狱。

1946年4月6日在《唯民周刊》创刊号上，郭沫若将叶挺1942年写于狱中的这首诗介绍发表。他说："这里燃烧着无限的愤激，但也辐射着明彻的光辉，这才是真正的诗。假使有青年朋友要学写诗的话，我希望他就从这样的诗里学。我敬仰希夷①，事实上他就是我的一位精神上的老师。

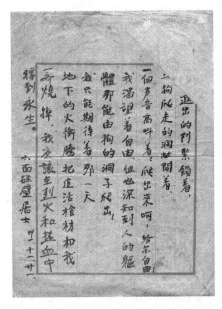

叶挺将军在狱中写的《囚歌》

他有峻烈的正义感，使他对于横逆永不屈服；而同时又有透辟的人生观，使他自己超越一切的苦难之上……他的诗是用生命和血写成的，他的诗就是他自己。"《囚歌》一经发表立即产生巨大影响，为世人传诵。渣滓洞监狱难友胡作霖，在狱中曾经为《囚歌》谱曲。这首《囚歌》也成为渣滓洞的志士坚持这场特殊战场上斗争的"洞歌"。

1924年加入中国共产党的叶挺，保定军官学校第六期毕业，北伐期间任第四军独立团团长。他率部强攻汀泗桥，智取贺胜桥，勇登武昌城，一路所向披靡，其部队被誉为"铁军"。1927年，蒋介石背叛革命后，叶挺任第十一军军长，与贺龙一起领导南昌起义。同年12月任总指挥，领导广州起义。起义失败后，被迫流亡海外，失去和党的联系。

---

① 指叶挺，希夷是他的字。

抗战期间，国共两党达成第二次合作，决定将红军改编为八路军，游击队改编为新四军。国共关于改编组成新四军的协议达成后，共同认可由叶挺任军长、项英任副军长。1937年9月28日，国民政府军事委员会任命叶挺为新四军军长。

受命于抗战危机之时的叶挺首先接受中共中央之邀来到延安，和中共领导人共同商讨新四军的组建事宜。

毛泽东在延安欢迎会上热情欢迎叶挺的到来。叶挺在致答谢词时，激动地表达了他回归革命队伍的决心。他说："革命好比爬山，许多同志不怕山高，不怕路难，一直向上走。我有一段是爬到半山腰又折回来了，现在又跟上来了。今后一定遵照党所指示的道路走，在党和毛主席的领导下，坚决抗战到底。"

毛泽东与叶挺将军深谈一整夜。当叶挺说想恢复共产党党籍，甚至可以不公开时，毛泽东认为叶挺不当共产党员比当共产党员起的作用更大，更有利于在新四军开展工作。为了国共抗战合作，叶挺接受了毛泽东的意见。

新四军在叶挺的领导下，纵横驰骋于扬子江头、淮河之滨，与日伪军作战4000余次，战功卓著。毛泽东高度评价叶挺"领导抗敌，卓著勋劳"。然而，这支抗日有功的部队，却遭到国民党顽固派的忌恨。国民党一方面克扣、拖欠其军饷弹药，使之陷入困境；另一方面又设下种种阴谋，欲歼之而后快。1940年10月，蒋介石指使军委会参谋总长何应钦，向八路军总司令朱德、新四军军长叶挺发出代电，强令在长江、黄河以南的新四军和八路军在一个月内全部开赴黄河以北。为顾全抗战大局，中共中央表示可以将驻扎在皖南的新四军部队移防长江以北。

1941 年 1 月 4 日，新四军军部及所属部队 9000 余人，从泾县云岭北移，6 日行进入茂林地区，遭到国民党军 7 个师 8 万余人突然袭击。新四军历时 7 个昼夜浴血奋战，除 1000 多人突出重围，一部分被俘外，数千人壮烈牺牲，副军长项英被杀害，军长叶挺被扣留。这就是震惊中外的"皖南事变"。

蒋介石非常欣赏叶挺指挥灵活、骁勇善战的军事才干，他下令：劝说叶挺回到国民党来。

在江西宁国被扣押时，国民党第三战区司令部总参议兼第三十二集团军总司令上官云相为叶挺设宴洗尘，劝其发表声明，如果他承认新四军首先袭击"友军"，就可让他当副总司令……叶挺怒火中烧，一言不发，拂袖而去。

上官云相劝降失败后，将叶挺押解送往江西上饶第三战区长官部，单独囚于李村监狱。蒋介石还不甘心，又令顾祝同以第三战区副司令长官之职诱劝叶挺归顺。

顾祝同以保定军校同窗的名义多次宴请叶挺，并邀请罗卓英、上官云相、黄百韬轮流做东，都未达到劝降目的。一日，顾又宴请叶挺，席间，他劝说道："只要老弟发表一声明，说明事变之起都源于项英违抗军令政令。一旦责任分清，老弟即可留此屈就三战区副长官之职，甚而弟为主官，某作辅弼，亦无不可。""如果事变之起，起于我军抗令，身为军长，责任在我，与他人无干。"叶挺明确回答。第三战区参谋长黄百韬力图从中转圜："希夷兄如果碍难措辞，可否由我们代为起草声明，由您署名发表？"叶挺将军拍案而起，怒斥道:"不想你身为高级将领,这样下作,我叶挺头可断,血可流,志不可屈,此生如尚有出头之日,我定将这些事实告白天下。至于我个人去留,我原提出,此次事变与部属无关,应即无条件释放我军被捕官兵。如法庭判决,责任在我,我甘愿坐穿牢底,著书写作,以度余年。这就是我要发表的声明。"

面对不断地劝说,叶挺后来干脆闭门不出,在斗室内著书写作。

1941年7月,叶挺将军由上饶被押往桂林交由军统局看管,后又转移到军统重庆红炉厂秘密囚室关押。

叶挺被监禁后,共产党一直在设法营救。一天,中国电影制片厂的阳翰笙突然来到周公馆。他见到周恩来后,来不及寒暄,用激动得发抖的双手从衣袋里摸出一封信,交给周恩来。周恩来一看淡黄色的信封上写着"重庆市中国电影制片厂阳翰笙先生收",却无发信人的地址,急忙将信封拆开,只见上面这样写道:"翰笙弟:我已被押解来渝,任光在我身边阵亡。希夷。"

原来,叶挺被押到重庆后,一直在思考如何才能与共产党取得联系。情急之下,他以急需如厕为由,写下了这封信,并且在另一张纸上写道:"请拾到此信的朋友,买一信封,邮寄本市中国电影制片厂阳翰笙先生收,感激不尽。所附五元钞票,权作酬谢。"他顺手捡了块砖压在信上面,砖下露出五元钞票的一个角。

拾到信的人,按照地址发出了这封信。

周恩来看完信后,立即找国民党当局交涉。在铁的事实面前,国民党当局不得不承认,叶挺被关在重庆,并答应保证他的人身安全,改善生活条件。

在重庆，时任国民党湖北省政府主席、国民党第六战区司令官的陈诚，与叶挺都是保定军官学校毕业，之后又同在粤军第一师任职，私交一向很好。他认为自己可以说服叶挺归顺国民党。

国民党军统局局长戴笠立即指示处长沈醉，带上新衣和理发师前去，为叶挺将军整理仪容。但是，无论沈醉怎样劝说，叶挺都坚持，不获无条件释放，决不整理仪容，决不会为了见不愿见的人而修整须发。

陈诚以同学之谊，以"识时务者为俊杰"等理由，以国民党高官厚禄的诱惑相劝、相逼，但叶挺仍坚持："希望辞修兄体谅我的处境，尊重我的人格和政治抉择，不要逼我去做我不愿意做的事情。"

屡次的劝降失败逼得蒋介石只好亲自出面。

1942年5月12日晚上，叶挺被带上一辆小车到了蒋介石官邸。对于这次蒋介石的劝说，叶挺在事后记录下这样一段：

甲（蒋）：尔觉得共产党对，尔就到那里去，尔觉得国民党对，尔就到国民党来，没有中立的地方。我指示尔一条正路，尔能绝对服从我，跟我走，尔一定可以得到成功，不然，尔就算完了。

乙（叶）：我早已决定我已经完了。

"我早已决定我已经完了"，是叶挺将军回绝一切诱降的政治立场。个人一切非所顾及，只希望"军事法庭，澄清事变真相，严惩首恶，公布全国""经法庭判决，如责任攸归，罪有应得，情愿坐穿牢底，著书写作，以度余年"。这就是一个军人的光明磊落，这就是

一个军人的气节。

当叶挺要出狱时，沈醉问叶挺："出去后打算办什么？"

"我出去第一件事需办的，便是请求恢复我的党籍。"叶挺将军毫不犹豫地回答。

沈醉后来向戴笠报告，戴笠听了不作一声，很久才说了一句："共产党人的可怕，就是在这些地方！"

毛泽东亲笔修改了同意叶挺将军入党的电文：

> 亲爱的叶挺同志：欣闻出狱，万众欢腾，你为中国民族解放与人民解放事业进行了二十余年的奋斗，经历了种种严重的考验，全中国都已熟知你对民族与人民的无限忠诚。兹决定接受你加入中国共产党为党员，并向你致热烈的慰问与欢迎之忱。

1946年4月8日，叶挺一家搭乘飞机飞往延安，途中飞机不幸失事，机上人员全部遇难于山西兴县黑茶山。

将星陨落，苍天生恨，山河同悲。

中共中央在延安为"四八"烈士举行了隆重的追悼大会，毛泽东亲笔写下"为人民而死虽死犹荣"。

于无声处听惊雷——张永昌

1949 年夏天，一场大暴雨将渣滓洞看守所的围墙冲垮，监狱下令停止放风。一时间，牢房愈加闷热难熬、蚊虫满布、空气混浊。被关押在渣滓洞的难友们强烈抗议狱方停止放风的决定。最后，难友们与狱方达成协议，由难友们来修复围墙。

用来修复围墙的材料中有大量沙石、稻草，这使围墙的坚固性大打折扣。正是难友们的这次"筑墙自围"，使一些革命志士能够在"一一·二七"大屠杀中将围墙推倒越狱。而在这次"筑墙自围"中有一位代表性人物，他就是刚补完入党宣誓仪式就被抓捕入狱的张永昌。

张永昌，1921 年 9 月 24 日出生于四川大竹一个家有良田数百亩的富有家庭。少年时的他，聪颖、斯文、好动脑筋。读私塾时，先生董永德为试学生才华，曾在课堂上出联征对。他先拟了上联"太公钓鱼"。大部分学生都木然呆坐，无言以对，只有张永昌沉吟片刻，从容起身对道："武松打虎！"先生一喜，紧追一联："树高影低！"张永昌笑笑，随口对道："人小志大！"联语工整，寓意深刻，师生为之哗然。消息传开，张四老爷喜形于色，张氏族人亦对张永昌格外青睐。在求精中学读书时，张永昌潜心学习，成绩优异。1939年5月3—4日，重庆市区遭到日机狂轰滥炸，数以万计的同胞死于空袭。面对血淋淋的现实，张永昌义愤填膺。他愤然提笔，在班内壁报上画了一幅中国版图，图的上方插着一把日本指挥刀，版图破裂，鲜血四溅；他在图上奋笔题写了"山河破碎，匹夫有责"八个大字，表达了誓死报效祖国的赤子之情。日机大轰炸后，各种动摇抗战、妥协投降的论调蔓延开来。求精中学校长杨重熙也提出要在教学大楼屋顶上面涂盖美国国旗，以保护学校。消息传出，不少同学议论纷纷。张永昌公开反对，他说："我们决不乞求外国的保护以偷安，侵略者的轰炸吓不倒中国人民，只有全中国的同胞坚决抗战，才能拯救我们的民族！"之后，他在校内墙报上接连写下《立此存照》《刺猬的哲学》《绅士的哲学》等杂文，对妥协派进行了辛辣的讽刺，在求精中学校园内引起较大反响。1940年张永昌考入西迁至重庆北碚的复旦大学史地系，但因参加进步活动过多，被家人要求"只能在求精商学院读书，毕业后经商"。1944年，张永昌考入求精商学院。此间，有感于国民党的消极抗战，受共产党在国统区宣传抗战文化的影响，他开始大量阅读进步书籍。从郭沫若的《棠棣之花》《屈原》《虎符》，从屠格涅夫的《罗亭》《前夜》《父与子》，从列夫·托尔斯泰的《战争与和平》《复活》，从《联共（布）党史简明教程》《资本论》等书籍中，他获得诸多启示，开始思考自己的人生，仔细思考人活着的意义。

他曾经对同学说："人，多活一天，也就是离死亡近了一天，人生是短暂的，但又很宝贵，要争取多做一些有意义的事，这样生活才不会感到空虚和孤独。"

张永昌加入了重庆青年学生运动的核心组织——中国学生导报社，并负责《中国学生导报》的秘密发行工作。

抗战胜利后，郭沫若、马寅初在求精商学院的演讲，激励他关注社会、关注国家前途命运。

1946 年年初，经地下党组织介绍，张永昌到陶行知的社会大学新闻系学习。吴玉章、张友渔、王昆仑等人的讲课，为他认识中国和中国社会提供了有益的方法论。在学习过程中，他结识了不少进步人士和共产党员，思想发生了深刻的变化。

在社会大学学习后，地下党组织要求张永昌继续在求精商学院团结进步力量，争取中间力量，开展进步活动。几个月后，他当选求精商学院学生自治会主席。1946 年，几千名国民党失业军官在重庆游行示威，国民党当局开枪镇压。学生自治会声援失业军官，在游行示威中喊出了"此路不通，去找毛泽东"的口号，迫使国民党当局对失业军官的要求做出让步，从而使求精商学院学生自治会真正成为共产党领导的学生组织。

1946 年年底，张永昌庄严地向地下党组织递交了入党申请书。

1946 年 12 月底，北平发生美国士兵强奸北平大学女生沈崇的恶劣事件，激起全国人民极大愤怒。党组织指示张永昌以求精商学院学生自治会主席的身份，组织学生参加重庆的大游行。张永昌被选为重庆市学生抗议美军暴行联合会主席团副主席，并草拟了《告全国同胞书》《致杜鲁门总统书》《上国民政府书》《告世界青年书》

《告美国人士书》《致受害人沈小姐慰问电》《向美军当局提出抗议书》《电美驻华大使馆抗议书》《响应平、津、沪、杭、汉等各地同学进行运动书》等文稿。张永昌的积极动员，使1947年1月6日的示威活动成功举行。

后来，他参加了《挺进报》的稿源组织和发行工作，从求精商学院毕业后在国民公报社以记者身份为掩护，继续组织各学校开展学生运动。

1948年4月18日，地下党组织通知张永昌，为他补行入党宣誓。他非常激动，这是他期盼已久的事，今天终于要实现了。张永昌庄严地向党承诺："百折不挠、永不叛党！"他希望在党组织的带领下，活得更加充实、有意义。

但是，当张永昌怀着一生从未有过的亢奋心情回到报馆的时候，他被捕了。《挺进报》被国民党发现，共产党内出现了叛徒。

特务认为张永昌学习成绩良好，家庭条件不错，职业也很好，而且又是国民党第八十八军军长范绍增的外甥，应该不难对付。但是，他们错了。

这个刚刚对共产党做出郑重承诺的党员，根本没有想到这么快就会出现考验自己党性的情况。他没有想到人生的变化会如此之快，更没有想到出卖自己的竟然是批准自己入党的上级。他没有给特务透露半点信息，决不承认对自己的一切指控。

在狱中，张永昌积极参加狱中斗争，加入了铁窗诗社。当中华人民共和国成立的消息传到狱中时，他高兴得热泪盈眶，随即写下一首诗："忙中哪得有诗来，鲁迅诗中借一排：'万家墨面没蒿莱，敢有歌吟动地哀；心事浩茫连广宇，于无声处听惊雷。'"他解释说，这首《无题》是鲁迅先生在最黑暗的年代写的，自己也如鲁迅先生一样"心事浩茫"；"敢有歌吟动地哀"化用了李商隐《瑶池》中的诗句"黄竹歌声动地哀"，李商隐的这句诗就是在描写人民的苦难，而今天的中国人民在蒋介石国民政府的统治下，哪有好日子过。张永昌的这首诗就是在批判黑暗，歌颂光明，用革命乐观主义的战斗姿态迎接"惊雷"的到来。他的这首诗寓意十分深刻，使诗社的诗友深受感动。

张永昌听见了"惊雷"，却没有看见"晴空万里"。

"一一·二七"大屠杀的时候，张永昌从牢房里冲了出去，却被撤退敌人的乱枪击中，殉难时年仅 28 岁。

戏弄特务的革命者——盛超群

在小说《红岩》里，有这样一个情节：特务头子徐鹏飞走进审讯室，一个被烙铁烙昏过去的人清醒后承认自己是云阳县参议员，党内职务是县委书记；另一个浑身发抖的老头也承认自己民国二十五年就入党了，但不清楚是什么党……一个个含混不清的招供把徐鹏飞弄得十分狼狈。

而在真实历史中，重庆行辕二处处长徐远举确实被一位革命者戏弄过一次。而这位革命者名叫盛超群。

1919 年，盛超群出生在重庆长江边上的云阳县桑平乡，是家里的长子。他拒绝父亲要他继承祖业田产的愿望，认为"万般皆下品，唯有读书高"。16 岁，他得到父亲的同意到县立中学读书。后来他因为在学校张贴揭露地主欺压农民的漫画，被学校以"不安心学习、滋事甚多、破坏学风"等理由开除学籍。17 岁，他乘船到达南京，经过考试进入国民党中央军校 14 期学兵队学习。

1938 年 8 月，在经过短期的培训后，盛超群接到延安的命令，回到大后方开展抗日宣传工作，发动群众，推动建立抗日民族统一战线。10 月，盛超群回到自己的家乡云阳县。

在云阳，他公开抵制国民党在各乡各村实行的按家户抽丁政策，于 1939 年 3 月被国民党以"妄事宣传、反抗兵役"的罪名抓进监狱关押。他一方面写信向国民党中央执行委员会申诉："此间政府，不思今日之共同抗战、共同建国为何事，擅以私见，非法逮捕人民。"另一方面又给社会知名人士、参议员邹韬奋写信求救。最后，迫于社会舆论的压力，特别是参议员邹韬奋在参议会上提交的特别议案，被关押了 5 个月的盛超群终于被交保释放。

1947 年，盛超群以县参议员身份，公开状告国民党县党部书记杨秩东"纵匪殃民，贪污中饱，残害孤儿，吞蚀救济院五十名孤儿之经费食米"，引起地方反动势力的强烈不满。他们联合向重庆行辕二处控告"盛超群是云阳、万县地区的共党组织的领导人，在云阳、万县一带宣传赤化，煽动暴动"。1948 年正月初九，盛超群再次被国民党反动派逮捕。

当盛超群在万县被捕的时候，正在为破获地下党《挺进报》案件一筹莫展的国民党行辕二处处长徐远举，收到万县警察局的报告。报告中说共产党活动首领盛超群印发刊物、污蔑政府、攻击政府。徐远举觉得或许能从此案中发现地下党《挺进报》的线索。1948 年 3 月，盛超群被押到重庆。

"谁是你办刊物、报纸的合伙人？你是不是云阳、万县地下党的书记？"当盛超群被一再逼问，要他交代地下党"同伙"是谁的时候，他突然大声吼道："不要整了，我交就是了！"

特务立即停止动刑。盛超群摆着手，示意要喝水。特务赶紧将水杯递上。盛超群一口气将水全部灌下肚，长长地吸了一口气后，对特务说道："我说，我说你们听好了，你们赶快记……"

盛超群承认自己是云阳县的总负责人，并"供出"了云阳县地下党组织的全部情况和他直接领导的十几个人。特务一字一句地记录了下来，如获至宝地拿着名单向他们的顶头上司徐远举报告。

徐远举喜出望外，立即命令按盛超群供出的人员名单赴云阳抓人。

进出云阳县城的主要通道和县城的上下街道全被封锁，二处的特务根据盛超群提供的名单，在县教育局、县警察局、乡公所、县联防处、县参议会、国民党县党部等地方，将那些秘密隐藏的"共党分子"一一逮捕归案，押上刑车。观望的人群一个个目瞪口呆，没有一个敢大声出气。当刑车从县城呼啸而出的时候，云阳县就像一口滚开的油锅，沸腾了起来……

突击审讯在渣滓洞迅速展开。

"我的上级是县长，我的关系在县党部，各乡的乡长都是同伙。"一个乡长说。

"我跟谁是同党，也不能够跟那个臭小子是同党！他是个什么东西，我一直恨不得把他碎尸万段！"当被逼问是不是盛超群的同党时，县警察局局长咆哮着说。这位局长掀翻了审讯的桌子，破口大骂："吃饱了没事干！我告诉你，我是民国二十四年的党员！你记清楚没有？"他一脚把审讯室的门踢开，对着特务大声嚷嚷道："去，把你们的上级给我叫来，我要亲自问问他，抓捕不到共产党，破坏不了地下党组织，就把我们这些警察局局长、教育局局长、乡长、书记抓来凑数吗?"

审讯中被审讯的人越来越强横,审讯的特务胆战心惊,越审越糊涂。

审讯室里面出现了被审讯者变为审讯者的错位局面。那些国民党的老党员、老资格,将他们与省里、与重庆市方方面面的关系一一交代,使审讯无法再继续下去。徐远举的破案希望最终破灭。一个个被审讯者公开叫板、公开指责、公开大骂,使审讯不得不草草收场。徐远举最后又是赔礼,又是陪酒,才将大事化小,小事化了。

一向以办案神速、果断、有力著称的徐远举怎么也没有想到自己会栽在盛超群的手里。恼羞成怒的徐远举将云阳这十几个"瘟神"送走后,立即下令整治盛超群。

在审讯室里,特务对盛超群滥施酷刑,整得盛超群皮开肉绽。而盛超群强忍痛苦,嘲笑特务说:"你们不问青红皂白,不把事实搞清楚,就搞刑讯逼供那一套,不出错才怪!我真是可怜你们这些糊涂虫,不学无术,像这样下去国民党真是要被你们搞垮!"

特务将盛超群戴上重镣关进渣滓洞监狱,狱中同志十分敬佩他敢于同特务斗争的行为,在生活上给予他极大的帮助。

1949 年重庆解放前夕,盛超群被徐远举列入第一批必须处决的政治犯名单。1949 年 11 月 14 日,盛超群与江竹筠、李青林、杨虞裳等 30 多位难友被押出了渣滓洞监狱,在电台岚垭刑场被秘密杀害,殉难时年仅 30 岁。

盛超群是一位极富正义感、关心社会时事、关注民生,敢于向腐败黑恶势力做斗争的勇士。他从云阳的农民子弟蜕变为延安的进步学生，在延安学习后又返回自己的家乡开展抗日宣传。他接受地下党组织的建议，参加国民党党网工作，保持"灰皮红心"，为进步势力的发展壮大、为地下党工作的开展做出了贡献。他同情社会底层人民、关注民情民生，他疾恶如仇、敢于挑战反动权贵，他利用参议员的合法身份开展"社会志愿者"工作。他是革命的志愿者，他用自己特殊的、短暂的一生增添了红岩的光辉。

决不低下高贵的头——陈然

1917 年，《彷徨》杂志第 5 期发表了这样一篇文章：

陈然

  气节，是中国知识分子的优良传统精神。什么是气节？就是孟子所说的"富贵不能淫、贫贱不能移、威武不能屈"这种磅礴天地的精神。在平时能安贫乐道，在富贵荣华的诱惑之下能不动心志；在狂风暴雨袭击下能坚定信念，而不惊慌失措，以至于"临难毋苟免，以身殉真理"。
  ……

这篇文章名为《论气节》，它的作者是红岩革命烈士陈然。

陈然，1923年12月28日生于河北省香河县。父亲是海关小职员，先后在北京、上海、安徽、湖北、重庆等地工作，陈然也随父辗转各地生活、求学。1938年，陈然在湖北宜昌参加抗战剧团，在抗日救亡的宣传工作中，接受了革命教育，经过实际工作锻炼，于1939年在抗战剧团加入共产党。1941年，陈然因父亲工作的调动，随家人迁居重庆，党组织关系转到中共中央南方局。1942年，为躲避特务抓捕与组织失去联系。与组织失去联系后，陈然仍然自觉地履行一名党员的职责，通过学习《新华日报》《群众周刊》等领会党指示的斗争方向，主动深入工厂、码头，与工人群众交朋友，提高他们的政治觉悟。

　　1946年，全面内战爆发，中国社会处在"向何处去"的重大转折关口，许多青年也因政治局势的复杂和自身前途的渺茫而感到苦闷与彷徨。在新华日报社的领导下，陈然与蒋一苇、刘镕铸等同志一起创办了《彷徨》杂志，以小职员、小店员、失学和失业青年等为写作对象，以青年切身问题为主要内容，形式上是"灰色"的，但内容是积极健康的，以此更广泛地联系社会群众，发展和聚集革命力量。

　　1947年2月，《新华日报》被国民党反动派查封，报馆全体人员被迫离开重庆撤回延安。由于《彷徨》杂志与《新华日报》的关系，陈然等同志失去了上级党组织的领导。《彷徨》杂志收到党组织从香港寄来的《群众周刊》香港版和《新华社电讯稿》，这无疑为他们在当时极其严峻的形势下继续开展工作指引了方向。解放军在战场上不断胜利的消息，使他们备受鼓舞。于是，陈然与蒋一苇、刘镕铸决定，把这些鼓舞人心的消息传播出去。由于《彷徨》杂志是公开出版物，不方便刊登，他们决定用油印小报的方式把这些消息传播出去，并将该报定名为《挺进报》。他们还希望中共地下党组织能看到这份小报，使他们能尽快恢复与组织的联系。

果然，《挺进报》很快传到了重庆地下党组织那里。地下党党委派彭咏梧同志和他们接上关系，并决定将《挺进报》作为重庆地下党市委的机关报，让他们购买收音机直接收听延安电台，同时成立电台特支和《挺进报》特支。陈然负责油印，成善谋负责抄收消息。就这样，《挺进报》犹如一把钢刀，直插敌人的心脏，又如一座灯塔，照亮了山城人民前进的道路。

《挺进报》在国统区的出现，使民党国防部和重庆行辕震惊。行辕主任朱绍良要求二处处长徐远举限期破获地下党的《挺进报》。

这一棘手的案子让徐远举颇为头疼。中华人民共和国成立后，他在《血手染红岩》中这样交代道："限期破案对我来说是一个沉重的压力。顶头上司的震怒，南京方面的责难，使我感到有些恐慌，也有些焦躁不安。当时特务机关的情报虽多如牛毛，但并无确实可靠的资料。乱抓一些人又解决不了问题，捏造栽赃又怕暴露出来更麻烦。我对限期破案不知从何下手，既感到愤恨恼怒，又感到束手无策，但在无形战线上就此败下阵来，又不甘心……"

于是，徐远举制订了一个"红旗特务计划"，即让特务伪装成进步人士，混在学校、书店等公共场所，通过自己进步的语言、行为接近其他人，搜寻蛛丝马迹。他认为堡垒只能从内部攻破。

当时重庆有个民盟办的文城书店，是地下党用来发行《挺进报》的一个联络点。书店被国民党查封后，地下党安排店员陈柏林到社会大学学习。在社大，"红旗特务"曾纪纲，伪装成进步学生，表示要帮助陈柏林恢复书店，并且希望陈柏林能够提供一些进步的书刊资料给他学习。曾纪纲骗取了陈柏林的信任。陈柏林向他的上级任达哉提出，发展曾纪纲，以便协助他开展工作。当任达哉决定与曾纪纲面谈时，曾纪纲立即向他的上级特务李克昌汇报，于是徐远举当即指派特务抓捕了陈柏林和任达哉。陈柏林虽然年幼无知，被特务所蒙蔽，但被捕后，在敌人的酷刑面前表现得十分坚强；而任达哉在被捕后，经受不住酷刑折磨，投降叛变，出卖组织，出卖同志，由此导致整个地下党组织遭到一连串的大破坏。

地下党出现叛徒，党组织遭到破坏。组织上迅速做出反应，通知有关同志转移。当时陈然的公开身份是国民党中国粮食公司机修厂的管理员，家住南岸野猫溪，他收到一封告急信："近日江水暴涨，闻君欲买舟东下，谨祝一帆风顺，沿途平安！"下面署名是"彭云"。"彭云"是江姐的儿子，那时不过是个2岁左右的小孩。陈然收到此信，猜测地下党组织可能出了事。但他并没有立即转移，首先是因为他无法确定该信是否真实，更重要的是他深深明白在情况不明之时贸然行事可能造成的后果。他回想起抗战期间，为躲特务追捕，上级曾叫他到江津隐蔽待命，以后由组织来找他。但是，为了急于与组织恢复联系，他自行跑回重庆接头，结果却因接不上而脱党好几年，直到成立《挺进报》特支，他才重新入党。陈然曾经后悔地说过，当初就是死在江津也不应离开。所以，他决定，哪怕出现最恶劣的情况，没有确切的消息，也决不撤离。

他做出了这样的决定：把第23期《挺进报》印刷发行出去再转

移。这样，能够表明《挺进报》仍然在战斗。

1948 年 4 月 22 日，当陈然准备将印刷完毕的《挺进报》送出去的时候，特务按叛徒提供的线索找到他家，抓捕了他。但敌人在搜查时，除了查到第 23 期《挺进报》和油印工具外，一无所获。

敌人对陈然施行了各种酷刑，威逼他写出《挺进报》的发行名单和地址，以破坏地下党组织。

面对敌人的酷刑威逼，陈然英勇不屈，提笔在审讯室里写下了《我的"自白"书》：

任脚下响着沉重的铁镣，
任你把皮鞭举得高高，
我不需要什么"自白"，
哪怕胸口对着带血的刺刀！

人，不能低下高贵的头，
只有怕死鬼才乞求"自由"；
毒刑拷打算得了什么？
死亡也无法叫我开口！

对着死亡我放声大笑，
魔鬼的宫殿在笑声中动摇；
这就是我——一个共产党员的"自白"，
高唱凯歌埋葬蒋家王朝！

1949 年 10 月 28 日，在国民党法庭上，法官张界宣读判词："成善谋，《挺进报》电讯负责人；陈然，《挺进报》负责人，印刷《挺进报》。"听到这些，陈然、成善谋这两位老战友惊喜地四目相对，他们甩开特务的押解，紧紧地拥抱在一起，不约而同说出：

紧紧地握你的手！
致以革命的敬礼！

原来，《挺进报》特支和电台特支一直是单线联系，互不往来。陈然在印刷《挺进报》的时候，发现每次从组织上转来收录的电讯稿，都字迹工整，一笔不苟。他为收录员这种认真的态度深深折服，便写下一句"致以革命的敬礼"，向这位同志表示敬意。但考虑到工作纪律，他没有署名，只是把信交给组织转交。几天后，他收到回信，也是简单的一句"紧紧地握你的手"，同样没有署名。这位没有署名的同志其实就是他的老战友成善谋。他们工作的时候，都遵守党的工作纪律，从不相互打听和谈论工作的情况。

两位战友的"表白"使国民党的法庭顿时秩序大乱。审判实在无法进行下去，特务只好草草收场，将他们押往刑场。当陈然等十人被押到刑场时，他突然转过身来，面对端枪的刽子手说："你们有种的，正面开枪。"行刑队不敢开枪，他们强行把陈然扭转过去，从后面开了枪。面对死亡，陈然毫不畏惧。这种视死如归的英雄气节，是他伟大人格的真实写照，是他对生命意义的有力诠释。

决不玷污党的荣誉——刘国鋕

"五哥，你怎么到这儿来啦？"

"国鋕，你不知道，为你的事，全家人急得团团转！我这次是专门回来解决你的问题的。我与徐处长已经谈好，只要你在退党声明书上签个字，在报纸上公布一下，徐处长对你以前的事情既往不咎。出去后，你愿意读书可到美国，不愿意读书可到香港来协助我发展。反正你不要再去搞什么共产革命了，弄得我们一家人不得安宁……"

刘国鋕

1948年秋，五哥刘国錤专门从香港回到重庆，营救被关押在白公馆监狱的弟弟刘国鋕。

刘国鋕，何许人也？

1921年，刘国鋕出生于四川泸州一个大富豪的家庭。他排行第七，是大家庭中备受娇宠的幺儿，就是拥有这样一个家庭的刘国鋕，如今却被关押在暗无天日、专门用来刑讯折磨革命者的"活棺材"白公馆里，这究竟是为何呢？

1936年，刘国鋕进入建国中学，聆听了不少有关抗日的演讲，参加了学校地下党组织的读书会，阅读了艾思奇的《大众哲学》、列昂节夫的《政治经济学》，这使他眼界大开、逐步觉醒，推动他去认识、分析他的家庭和中国社会。他在给五姐的信中说："这个家是在旧社会垂死的身躯上的一个烂疮，它已经完全是一块脓血和腐肉，旧社会的整个身躯都要死亡，看不出有希望，我们要得到完全的幸福，只有让新的产生，让旧的死亡。"

1939年，他考入西南联大经济系，结合所学的知识去认识、分析、了解中国社会各阶层的状况；他关注时局，共产党在抗战中的发展壮大使他备受鼓舞。通过比较，他认识到只有中国共产党才是中华民族的救星，他决心走革命的道路，毅然加入了中国共产党。

1944年，刘国鋕大学毕业。他的家人希望他到国外继续读书深造，而党组织却调遣他到云南陆良去工作。他主动申请去云南陆良县的一所中学，参加那里的党组织发展工作。云南陆良当时连电灯都没有，他在那里一面教书，一面进行社会实践。通过对少数民族村落的调查，他发现很多人连人的基本权利都没有，很多地方还处于非常落后的社会状态之中。通过对现实社会的反思，他更加坚定了从事社会革命、追求共产主义的信念。

1945年，刘国鋕受党组织的调遣，从云南回到重庆，在沙磁区负责组织学生运动，他的公开身份是四川省银行重庆经济研究所资料研究员。其后，党组织任命他担任地下党沙磁区学生运动特别支部书记。其间，著名民主人士李公朴、闻一多在昆明遭到反动派暗杀，刘国鋕在《新华日报》上发表文章《略论闻一多先生》："为了民主的文化和政治，为了中国的革命，闻先生付出了生命，这是中国学者的光荣，这是中国文人的范型。全中国的知识分子们呵！闻先生的道路应当就是我们的道路，联合起来，沿着闻先生的道路前进！"

1948年4月，由于叛徒的出卖，刘国鋕不幸被捕。国民党重庆行辕二处处长徐远举欣喜若狂。他认为这个细皮嫩肉、文质彬彬、大地主、大资产阶级家庭出身的少爷，不可能是真正的共产党，骨子里不可能相信共产革命那一套，只不过是青年人图新鲜，喜欢赶时髦，说服他没有多大的问题。

徐远举问刘国鋕："你这有万贯家财的少爷，家里有钱有势，你有吃有喝，你闹什么共产党？你共谁的产？你要知道，这共产是闹不得的，要坐班房、挨杀头的。"

刘国鋕冷冷地看了徐远举一眼，没有吭声。

徐远举又问刘国鋕："你的上级已将你出卖了，否则，我们不可能把你抓住，今天让你来，就是看你老实不老实。如果不老实，只怕你皮肉细嫩，吃不消。"

听了徐远举的话，刘国鋕冷笑着回答："既然我的上级已将我出卖，你们什么都知道，又何必来问我呢？你问我，我什么也不知道。"

徐远举万万没有想到这个细皮嫩肉的"公子哥儿"如此不识抬举，他要用酷刑让刘国鋕就范。

面对酷刑，刘国铤没有屈服。他紧咬牙关，大汗淋漓，一言不发，弄得敌人无法审讯，只得给他戴上脚镣，将他关押在白公馆监狱。

刘国铤被捕后，他的家人想尽各种方法营救他。在香港做生意的五哥刘国錤接连营救了他两次，也未能成功。

第一次刘国錤从香港回来，给徐远举送了一个纯金香烟盒、一只名贵的劳力士女用金手表。徐远举要他劝说刘国铤在报上发表退出共产党的声明。

刘国铤做梦也没想到能在监狱里见到哥哥。

他每天戴着脚镣手铐在监狱里，吃的是"三多"（沙多、糠多、稗子多）饭，只有早晚十分钟的放风时间。在这种情况下看见哥哥，他真的很想冲上前抱住哥哥痛哭一场。但是，刘国铤没有这么做，他用理智控制住自己的情感。

刘国錤劝说了一番，便把刘国铤拉到徐远举办公桌前说："来，赶紧在上面签字！"

刘国铤一看要他签的是退出共产党的声明书，坚定地对哥哥说道："要释放，只能是无条件的！"

徐远举一脸惊愕，非常不理解地说："你不想被释放？"刘国錤苦苦相劝："不要拿自己的性命开玩笑！"

而刘国铤却毫不犹豫地说："就算我今天死在这个地方又怎么样？只要我的组织存在，我就等于没有死！"

第一次营救就这么失败了。

徐远举在《血手染红岩》材料中这样记述刘国铤家人再次营救他的情况："一九四九年三四月间，国共和谈之时，刘航琛（国民政府经济部部长)、何北衡(国民政府四川建设厅厅长)给(国民党)西南军政长官张群写了一封信,要求保释刘国錤,叫他到香港去。张群将原信批交给我核办,意思是只要我同意释放就可以。与此同时,何北衡也偕同曾晴初到我家中来说情。我以刘国錤毫无转变之意为辞,推托了,没有同意他们保释。"

这次,刘国鋕给徐远举送去的礼物是一张空白支票。他提出:"你们要多少钱,自己填,我们刘家只有一个要求,降低条件放人。"

执行蒋介石的撤退计划需要大量经费,空白支票对于经费奇缺的国民党来说是莫大的诱惑。

徐远举提出:"刘国鋕不声明退出共产党可以,但必须认错,写悔过书。"刘国錤立即说:"时间紧张,我来帮他起草认错书,只要他签字就行吧!"徐远举同意了。

"国鋕,今天我们什么也不要再争了,你不知道外面已经乱成什么样子了,你再不出去,小命就难保了!徐处长已经答应让你带着共产党员的身份出去,但是你得跟政府认个错,你罢课捣乱总是不对的嘛!这个悔过书是我写的,你只需要签个字。今后要追究,找我,与你无关。"在特务的办公室里,刘国錤迫切地劝说。

看到五哥焦急伤心的样子,刘国鋕心中十分难受。他决不能让特务去为难他的亲人,他决然对哥哥说道:"五哥,我理解你和家里人对我的思念。我有我的信念、意志和决心,这是谁也动摇不了的!你们不要再管我,也不要再来了!"

刘国錤跪在地上苦苦地哀求:"你即使不为自己着想,也得为家里的人着想啊!"

刘国铉毫不犹豫地表示："释放必须是无条件的！"

就这样，第二次营救也失败了。

1949年11月27日，国民党特务机关开始对关押在白公馆、渣滓洞的革命者实施大屠杀。

当刽子手提押刘国铉的时候，刘国铉正伏在牢房地板上写诗，刽子手不容分说，将他架出了牢房推向刑场。

在赴刑场途中，刘国铉吟诵了他在牢房里未写完的诗。

同志们，听吧！

象（像）春雷爆炸的，

是人民解放军的炮声！

人民解放了，

人民胜利了！

我们——

没有玷污党的荣誉！

我们死而无愧！

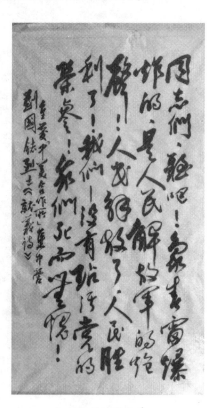

刘国铉的就义诗

中国共产党领导的革命为什么能够成功？为什么能够由小到大不断发展？就是因为有无数像刘国铉这样的党员决不玷污党的荣誉，对党绝对忠诚。

88

卓节流芳播海瀛——杨汉秀

"几十年来，我无时无刻不在思念我的妈妈，因为妈妈离开我时我还不到两个月，妈妈牺牲时，我还不到一岁半。而今我要见到她了，却只是她的遗骨了……" 1996 年，烈士杨汉秀的女儿李继业在文章《我的妈妈杨汉秀烈士》中回忆了她亲自参与挖掘收殓母亲遗骸的经过。

杨汉秀，1912 年 8 月 15 日出生于四川广安县，她的父亲杨懋修是四川军阀第二十军军长杨森的胞弟，曾任杨森部师长，家为川东巨富。杨汉秀在杨家几房儿女辈中居长，在广安、渠县一带是有名的"杨大小姐"。1924 年，杨懋修在宜昌大战中身受重伤，弥留之际将女儿托付给哥哥杨森，从此杨汉秀就生活在伯父杨森的身边。但杨森的庄园如同牢狱，杨汉秀在杨森家目睹了军阀地主对劳苦大众的盘剥蹂躏、压榨欺侮，对此她十分反感。

1926 年 7 月，正值北伐战争期间，国民革命军势头正盛，从苏联归来的朱德，任国民革命军第二十军党代表、代政治部主任，受中共中央派遣，来到万县杨森总部做统战工作，杨汉秀得以有机会见到朱德本人，听他讲述人生志向和革命真理。1926 年 9 月，杨汉秀接连目睹了英国轮船肇事和英帝国主义制造的"九五惨案"，这些事件激起了她对帝国主义的强烈愤慨，她在聆听了朱德的反帝演讲后随即参加了反帝示威游行。

1934 年，杨汉秀不顾家人的强烈反对，坚决退掉包办婚姻，毅然决定和家境贫寒的渠县小学教员赵致和结婚。婚后，夫妻俩一同去了上海读书。这期间，她接触了许多爱国热血青年，阅读了大量左翼文学作品，同时还苦练剑术，决心效仿革命烈士秋瑾，准备将来为拯救国家干一番轰轰烈烈的事业。

1937 年全面抗战爆发后，杨汉秀回到渠县，丈夫却不幸病逝，留下一儿一女，但她并没有被家庭的重负所牵绊，而是一心想到革命圣地延安参加抗日斗争。在家庭教师、共产党员朱挹清的帮助下，杨汉秀得以在成都星芒报社做校对工作。在此期间，她对朱挹清表示："真理在何处，为我所知。无论杨家铁门或四川剑门，岂能锁囚于我？纵然是爬，也定去延安。"一次偶然的机会，她从报纸上得知朱德任八路军总司令，正率领部队在敌后战场作战，这使她在逆境中又看到了希望。

1940 年春，杨汉秀带着朱挹清的推荐信，开始了北上的征程。在冲破重重阻挠后，她于 1940 年冬抵达八路军驻西安办事处七贤庄，见到了阔别 14 年的朱德。杨汉秀向朱德表示："我决心要做军阀地主家庭的叛逆者，要坚决彻底改造，连名带姓都改，跟着共产党革命到底，就是无名无姓也决不姓杨。"朱德说："照你自己说的无名无姓，就叫'吴铭'吧，不过是口天'吴'，金字旁的'铭'。"

从此，杨汉秀改名为吴铭，表明了她与杨氏家族彻底决裂、为革命事业默默奉献的决心。不久，杨汉秀被八路军办事处的工作人员护送到延安，进入延安女子大学第七班学习，后转入鲁迅艺术学院、抗日军政大学学习。1942年3月，在朱德和王维舟的推荐下，杨汉秀光荣地加入了中国共产党。

1946年3月22日，在王维舟的引荐下，杨汉秀受到中共中央副主席周恩来接见，聆听了党组织派她回四川工作的指示，接受了党组织交给她的秘密任务：若和平协定得以维持，就做上层统战工作；若形势逆转，就策划反蒋武装斗争。3月25日，杨汉秀随周恩来同机飞抵重庆。国民党军统西安站早就将她奉调回到四川的情况电告重庆，她一下飞机，便被特务监视。为摆脱特务的严密跟踪，杨汉秀回到渠县，以"杨大小姐"的身份广泛接触各界人士，开展统战工作。

1947年7月，因中统特务漆旭告密，渠县国民党当局以"延安来人"为由将杨汉秀逮捕。在关押期间，她教育前来探望的儿子说："妈妈不怕死，你也不要怕！即使我被害了，也会有人照顾你们兄妹，你要坚强些，以后成为一个勇敢、进步的青年，长大了好为妈妈报仇！"随后杨汉秀又被转押至成都，囚于四川省特委监狱。通过中共地下党组织和统战人士多方营救，杨汉秀最后被渠县旅省同乡会会长刘君孝保释。回到渠县后，杨汉秀及时投入龙潭起义的准备工作，把经商筹集的款项用来购置枪支、粮食、棉絮和衣物，通过地下党的联络点转运至地下武装集结点。同时还将家中的135石黄谷、6床被盖及2支手枪交给党组织，竭力支持川东北的武装起义。

1948 年 9 月，因军统特务柳自修告密，杨汉秀第二次被捕，转押至重庆渣滓洞监狱。在狱中，她沉着冷静，严守党的机密，组织难友学唱延安歌曲，为患病难友端茶送水，照料她们的生活。她凭借自己的特殊身份与难友一道开展斗争。尤其是在 1949 年新年之际，杨汉秀把绸被面系在腰间，在放风的时候冲出牢房，跳起了秧歌舞。曾经在渣滓洞被关押的曾子霞回忆说："花衣服、绸被面，狱中所有的最耀眼、最漂亮的东西都一齐动员出来了。她们在院坝里扭着秧歌，唱着'正月里来是新春'……"她们跳得那么整齐，唱得那样动情，那优美动人的样子使人绝不相信她们会是女犯。

1949 年 4 月，杨森的姨太出面周旋，将杨汉秀保释出狱。杨森以"疗养"的名义，将她安置在重庆市民医院"监护"。一天，杨汉秀见到了前去"探病"的杨森，她随即转达朱德给他的口信说："大伯，朱总司令是你老友，他托我向你问候。他说，你们一道反袁护法，又在万县一同打过英舰。凡做好事，人民记得。他盼你切不可像二七年去打武汉政府那样，部队打垮了，最终还落骂名。他还是希望像在万县那样和你相见，共同把中国的事情办好。朋友间就不要对着打了，把枪口掉个头，共同去打欺侮中国的帝国主义！"杨森大怒，气得拂袖而去。

后来，国民党第二十军在解放军发起的渡江战役中全军覆没，杨森将重庆保警队改建为第二十军第七十九师，委任其二儿子杨汉烈为师长回广安招兵。杨汉秀冒着生命危险悄悄回到广安，做杨汉烈的思想工作。

1949 年，震惊中外的"九二大火灾"给山城人民造成了惨重的损失，激起了强烈的民愤。惨案发生后，杨汉秀奔走于街巷，揭露国民党蓄意制造火灾并嫁祸于共产党的阴谋，她严词表明，这是国民党有意纵火，是希特勒"国会纵火案"在山城的重演，是杨森在溃退前对重庆市的大破坏、大暴行。杨森恼羞成怒，遂于 9 月 17 日深夜下令将杨汉秀秘密逮捕，后将其关押于渣滓洞监狱。

杨森连夜突击审讯，企图将纵火的罪名栽赃于杨汉秀。杨汉秀自知必遭杀身之祸，却毫无惧怕，对所加罪名据理驳斥。次日上午，重庆市刑警处处长张明选见审讯毫无收获，遂派人将杨汉秀拖进一辆小轿车里，后排的两个男人拿出一根绳子套在她的脖子上，将她勒死，然后驱车将遗体抬到重庆西郊歌乐山金刚坡的破碉堡中掩埋。杨汉秀就这样被反动派秘密杀害，时年 37 岁。

重庆解放后，有关方面一直在搜集杨汉秀的光辉事迹，并寻找其遗骸。1975 年夏，杨汉秀的遗体被发现和挖掘出来。

作为女儿的李继业回忆了当时的情景："几十年来任凭山水冲刷，妈妈的遗骨已经剩下不多了。我们只有按照当地老农指点的位置，用手在泥土里小心地扒着、找着，经过仔细辨认，才找到一些碎骨头。我轻轻地拿着妈妈的每一块骨头，小心地放在我手里拿着的纸口袋里。我把口袋放在我的胸前，感到妈妈和我贴得那样近，仿佛就站在我的面前……"

1980 年 11 月 25 日，重庆市民政局和重庆歌乐山烈士陵园隆重举行了杨汉秀烈士遗骨安葬仪式，并将其遗骨迁葬于重庆"一一·二七"烈士公墓。

一位学者赋诗赞叹杨汉秀的革命壮举：

　　啼罢杜鹃花总艳，飞劳精卫海犹横。

　　归来遭遇鸥鸰辈，卓节流芳播海瀛。

挖地牢的"许云峰"——韦德福

在小说《红岩》中，许云峰曾戴着手铐徒手挖开了地牢的石壁。但在真实的历史中，挖地牢的并不是许云峰的主要原型——许建业、许晓轩，而是韦德福。

1948 年的一个清晨，白公馆监狱里，看守员像往常一样挨个查房，当他走到地牢的时候，却发现靠右墙的地下被人挖出了一个大洞，关押的犯人韦德福不见了。白公馆顿时炸开了锅，看守长急忙带着武装卫兵四处查看，发现洞口外面的地上全是血迹。他觉得韦德福可能越狱逃跑了，但洞口距地面至少 3 米高，人从上面跳下来不摔个半死也得残废。

于是，看守长一面指挥几个士兵留下来加强周边警戒，一面自己带着一队士兵沿着路边、草丛中的血迹追下山去……

那么越狱逃跑的韦德福是一个什么样的人呢？他又是怎么被抓进监狱的呢？

韦德福出身在一个贫苦的农民家庭。小学毕业时，他的父亲因为还不起欠下的药费，无钱买药而病死在床上。他的母亲希望他不要一辈子像父亲那样"面朝黄土背朝天"，让他出去闯荡，改变家庭贫困的状况。

一心想出人头地的韦德福离开农村到了万州县城，报考了国民党军校的培训班。穿上职业装后的韦德福照了一张标准像寄给母亲，母亲把相片挂在了家里的墙上。他写信告诉母亲："我是通过考试当兵的，我会珍惜时间努力工作的，我会挣钱来养活你的，我要让你活得很好……"但这并没有改变他家里贫困的现状。在培训班，韦德福认真受训，积极努力学习，后被发展为军统外围成员。学校结业后，他被分配在国民党特高组做"邮检"工作。"邮检"是国民党政权监视、控制民众、社会团体思想和活动的一种特务手段。在宪兵特高组做"邮检"工作，使他有机会阅读了大量的《新华日报》和进步书刊资料。从这些资料中接触到的进步思想、主张和理论，在他朴实的心灵深处掀起了巨大的波澜。他开始对共产党产生浓厚的兴趣，同时对这份"正式"工作的性质产生了怀疑。后来，他奉命去监视一位进步记者，却被记者察觉。记者见他很年轻，又很纯朴，反过来主动接近他、教育他，给他讲了许多为人处世的道理。韦德福在和记者的接触中，逐步懂得了什么是正义，什么是革命，什么是真理。他被共产党的革命理论深深吸引，下定决心要跟共产党走。他本希望去延安，但是因为交通问题而未能找到机会。在记者的帮助下，他主动脱离宪兵和军统组织，进入陶行知先生创办的社会大学政治经济学系听课。在社会大学读书期间，韦德福勤奋好学，在地下党领导的进步学生组织中，积极参加读书活动和研讨活动。1946年12月24日，在北平发生了美军强奸北大女生沈崇事件。

1947 年 2 月，重庆社会大学的学生参加了抗议美军暴行的游行，韦德福一马当先，举着大旗走在队伍的最前列。在游行队伍周围监视的特务，发现走在前面的这个扛大旗的人，正是被通缉的违纪逃跑人员韦德福。第二天，韦德福即被逮捕，关入白公馆监狱，狱中因拒绝承认有罪、态度强硬、顶撞特务被关入地牢。

地牢里，即使在白天也暗如黑夜，阴冷潮湿，老鼠乱窜。被关进地牢里的韦德福怒不可遏，他用脚镣、手铐拼命地击打牢门、捶打墙壁，他抗议特务对他施行的非人待遇，他用嘶哑的声音喊出要自由、要革命。他的手，被手铐磨出了鲜血；他的脚，被铁镣卡烂了皮肤。地牢的生活，更加激起了他冲破牢笼、追求自由的决心。

一次偶然的机会，他通过老鼠洞发现地牢的墙是用石块垒成的，于是他顺着石块之间形成的老鼠洞向外抠，抠得十指血肉模糊。凭着惊人的毅力，他终于抠松了一块墙根的石头。当一束亮光照进地牢时，韦德福欣喜若狂，但他又迅速用泥土将缝隙遮住。他开始策划越狱，企盼着逃出地牢，奔赴向往已久的延安。

在一个阴云蔽月的漆黑夜晚，韦德福取出那块已经被抠松了的石头，将自己的双脚从洞口伸出，身体慢慢往外挤。他的全身被洞口的石头划得鲜血淋淋，但争取自由的强大信念仍支撑着他不顾疼痛，将自己的身体一点儿一点儿地往外移动。然而，当身体大部分都伸出洞口时，他的双脚仍不能接触到地面。原来，白公馆建在山坡上，下面有很高的地基。地牢的外面是一条从山顶贯通而下的山沟，洞口离地面沟坎还有很高的距离。韦德福当时虽然不知道洞口离地面还有多高，但他已顾不了那么多了，他宁肯摔死也不愿重新回到那个没有自由的"活棺材"里。于是他心一横，鼓足勇气，双手一松。伴随着一声沉闷的响声，他的整个身体连同脚镣、手铐一起摔在了沟坎边杂石满布的地面上。着地的一瞬间，钻心的刺痛由腿部直达大脑，他使劲咬紧嘴唇，屏住呼吸，努力使自己不哼出声来。他想站起来，却发现双腿已经不听使唤，完全使不上劲儿了。原来，他的双腿均已经摔断。为了忍住剧烈的疼痛，韦德福将嘴唇咬出了血。他不停地在脑海里提醒自己：要坚持，不能在这里停留，要尽快离开。于是喘息稍定的他朝着露出一丝光亮的歌乐山顶，用双手使劲向上爬去，鲜血染红了他爬过的山石、草丛。最后，他实在没有力气再向前爬，晕倒在步云桥边。

看守长带领看守、警卫顺着韦德福留下的血迹将他抓住，在白公馆放风坝残暴地殴打了他。难友们只听见韦德福不停地叫喊着："我还要逃跑，只要我有一口气，我就要逃跑！"

1948 年 7 月 29 日保密局下达命令：秘密处决韦德福。

在重庆歌乐山烈士陵园馆藏档案保存的遇难烈士登记表中，有这样一段文字，记录了韦德福短暂的一生："韦德福：刘湘时代在万县当宪兵，后来自学，极有进步，不知有没有组织关系。学习强，毅力大，在白公馆是最优秀人物。脱逃，不果，1948 年 7 月 29 日半夜被害，临死十分镇定，遗物全赠友。"

韦德福，从一个国民党的"优秀宪兵"，最终成了团体的"违纪分子"；从一个为摆脱贫困生活而当兵的农家子弟，最终成长为献身革命的热血青年。

虎入笼中威不倒——黄显声

黄显声是原东北军高级将领，也是在日本帝国主义武力侵占东三省时，极力主张奋起抵抗的东北军抗日爱国将领。

黄显声

1931年9月18日夜里10时20分，日本关东军突然向沈阳北大营进攻，国民党驻军高层会商应对办法时，东北军高级将领王以哲表示如被攻击，即服从中央指示，避免冲突，退出北大营。这时，黄显声拍案而起，坚定地表示："我指挥的12个公安总队和所有的警察部队将全部投入对日军的抵抗，非到不能抵御时，决不放弃驻地！"随后，他率领所属部队从18日晚至21日深夜，与日军整整激战了三昼夜，最后因实力悬殊不敌日军，才寻机而退。

黄显声领导的抗日部队，是当时唯一没有执行不抵抗命令的一支队伍。后来，黄显声又积极投身于组建抗日义勇军的活动中，曾以义勇军总指挥的身份参加东北民众抗日救国会，为抗日义勇军的建立与发展做出了巨大贡献，被誉为"血肉长城第一人"。

西安事变后，张学良被无理扣押，黄显声对国民党当局这一有损抗日事业的做法感到十分愤怒。1937 年，他到武汉，积极策划营救张学良，希望张将军能带领部队打回东北去，但未能成功。这段在抗日爱国斗争中的亲身经历，让黄显声对国民党政府越来越失望。他越来越认可共产党提出的抗日民族统一战线的主张，认为中国要取得抗战的胜利，一定要走共产党的道路。于是，他主动与周恩来联系，将一批武器弹药秘密送往延安，并组织许多青年去延安的中国人民抗日军事政治大学学习。为了抗日救亡，他以一个军人的身份勇敢地开展各种活动。1938 年 2 月 2 日，正准备去延安的黄显声不幸被奸细告密，在武汉被特务秘密逮捕。

在狱中，黄显声极度忧愤地说道："报国欲死无战场！"他以"虎入笼中威不倒"自励。在一封给儿子的信中，他表明了这样的观点："我现在虽然坐牢，但并没有犯法，是为团体、为国家、为义气而坐牢，问心无愧，将来生死存亡在所不计。"在一篇日记中，他表明了自己对人生意义的看法：

> 我以为，诸葛亮之最足以为后世法者，不是待人用兵，而是其服务之精神，确能做到鞠躬尽瘁，死而后已，正与所谓"人生意义以服务为目的"前后吻合。

黄显声先后被关押于贵州息烽、重庆白公馆等监狱，时间超过11年。但长期的囚禁，并没有磨灭他的意志。狱方为了软化和诱劝他改变立场而效忠国民党政治集团，对他的狱中生活给予多方优待，但他不为所动，时刻注意在生活中保持自己独立的人格和尊严。

　　黄显声被关押在贵州息烽监狱的时候，狱方组织囚犯开展生产活动，在生产组下成立了一个卷烟部。卷烟部除了生产、销售一般的香烟外，还为纪念军统组织的成立，特制了一种"四一牌"香烟。四一牌香烟原料优良，制作工艺精细，成品质量很好，属于特供产品，不在市场上销售，专门提供给军统局的高级干部和国民党政府的一些要员享用。监狱主任看到黄显声吸的都是在监狱合作社买的一般香烟，为表示特别优待，就对他说："以后吸烟，就到卷烟部去拿四一牌香烟吸，不要再到合作社去买了。"黄显声当然知道四一牌香烟质量好，但他耻于跟那些他极其憎恶的权贵们同流合污，当即拒绝说："那种香烟，我不习惯吸。"此后，监狱主任又劝说了好几次。为了不让监狱主任再来烦自己，黄显声就托人在贵阳买来烟丝、卷烟带和香料等材料，自己动手制作了一个木板卷烟机，每天要吸几支就卷几支，有时还多卷几支送给难友吸。监狱主任见此情景，无可奈何，只好摇摇头不再提这件事情。这个自制的卷烟机，后来跟随黄显声转运到重庆白公馆监狱，又被继续使用。黄显声对难友说："吸什么牌子的香烟，本来只是个生活小节，不是什么原则大问题，但狱方用这个生活小节来劝说我，他们的目的不是为我的生活，而是为我的立场，这就关乎原则大问题。我不能因为这个生活小节而玷污了我的人格！"

正因为黄显声有这样的思想和人格，他才能做到：当狱方给他订阅报纸时，他就悄悄地传报给其他难友看，使报纸成为狱中《挺进报》一个重要的消息来源；当狱方被迫同意小萝卜头由他来教授时，他教小萝卜头写的第一句话就是"我是一个中国人，我爱我的祖国"。甚至在性命攸关的事情上，他也十分有气节。他曾有被营救出狱的机会，但他不愿偷偷摸摸地跑掉，更不愿因自己能得自由而连累其他难友，所以他最终放弃了。黄显声的恋人黄彤光女士回忆说：

> 黄将军被囚期间，他的老部下和我曾三次策划，要他逃出集中营，他均未同意。他认为："我爱国无罪，如果我逃走了，他们就会颠倒黑白，同时，还要罪及无辜，连累其他的难友遭受灾难，我不能这么自私，不忍心这么做。"1949年11月，重庆面临解放，我又做了一次越狱的安排，由集中营的看守员宋惠宽在夜间从小路把黄将军带出来，由我的同学夏在汶在外面接应。当时夏在汶已从城内搬到磁器口附近来住，借好了汽车，等待行动。可是，黄将军还是不肯这么办。他叫宋惠宽带信出来说："要走，我就和大伙儿一齐走。如果我一个人走，特务借口杀害留下的难友，怎么办？要我一个人得救，大家遭殃，坚决不能这么做。"他在牺牲之前，曾给我一封最后的信，信中说："……你千万珍重，不可过分慌乱，悲伤难过。我就是万一不测，是为张学良先生牺牲。他是为要对内和平，对外抗战。这是对得起国家人民的，是光荣的……"

白公馆大屠杀开始后，黄显声第一个被特务杀害。他在白公馆牢房小桌上的那本台历，永远地定格在 1949 年 11 月 27 日这一页。

为了明天的坚守

年纪最小的"老政治犯"——小萝卜头宋振中

在白公馆监狱一间牢房的门口，一位中年妇女手里拎着一个旅行袋，久久不肯离去。工作人员数次提醒她看完展览就可以离开，可是她并没有回应。站立许久后，她将手中的旅行袋放在地上，从里面拿出了一副又一副扑克牌，然后将它们打开，一张一张地丢进了牢房的地板上。她丢了一百副扑克牌。她将这些扑克牌丢完了后，站起来对工作人员说："我就是你们要找的李碧涛，小萝卜头在狱中唯一的小伙伴！"

李碧涛扔扑克牌的那间牢房正是年纪最小的"老政治犯"——小萝卜头的牢房。

小萝卜头，原名宋振中。他的父亲宋绮云是《西北文化日报》的总编辑，也是中共地下党西北特支的党员。1941年，他的父亲和同为地下党党员的母亲徐林侠被国民党特务秘密逮捕。为了照顾年仅八个月的宋振中，母亲抱着他进了监狱。

在铁窗黑牢里，宋振中度过了八年多的童年生活。由于狱中缺乏小孩子成长必需的营养品，宋振中发育不良，头大身小，模样受人怜爱，难友们都亲切地叫他"小萝卜头"。

小萝卜头快六岁的时候，母亲徐林侠眼看着孩子一天天长大，便向狱方提出应该给孩子读书的机会，让孩子去外面上学。但这一请求，被狱方无情拒绝了。

于是，父亲宋绮云联合狱中难友，向狱方提出强烈抗议。最后，迫于狱中难友的压力，狱方被迫答应让小萝卜头学习，但规定其不能外出学习，只能在狱中跟随楼上的黄显声将军学习。

小萝卜头要上学了，这在白公馆可是一件天大的喜事。父亲捡回一根树枝在地上不停地磨，把一头磨尖后作为笔交给小萝卜头；母亲撕下棉衣里的一块棉花，用火烧焦后兑上水作为墨汁给小萝卜头；白公馆的难友们，每天省出一张草纸，给小萝卜头做了几个写字本。小萝卜头就是带着这些学习工具到楼上黄显声那里去学习知识的。

黄显声教小萝卜头学习语文、地理和俄语。每次学习，小萝卜头都非常认真，因为这是他了解白公馆外世界的唯一渠道。他知道了什么叫学校，他知道了什么叫老师、同学、课桌、黑板……他喜欢提问，总是把黄显声讲的与监狱里的事情联系起来。黄显声讲地球很大，他就问有几个白公馆大；黄显声给他讲天上的飞机，他就说："是不是像在白公馆看见的蝴蝶那样乱飞?"

有一次，在听黄显声讲课的时候，小萝卜头目不转睛地看着黄显声的手。黄显声说："学习要专心，不要看我的手。"可是，小萝卜头的眼睛依然死死地盯着黄显声的手。突然，他把黄显声的手举起来，看着他手里的红蓝铅笔，非常好奇地问："黄伯伯，你手里的

这支笔为什么可以直接写出有颜色的字？为什么我的笔又大又粗，要在碗里蘸一下才能写一笔呢？你是大人，我是小孩，你用大的，我用小的，我们两个换着用好不好？"黄显声笑了笑说："我手里的笔是红蓝铅笔，里面有铅芯，你的笔是树枝做的，没有铅芯。如果你想要我手里的这支红蓝铅笔，可以！但是你要用俄语同我说上几个字，我就把它奖励给你！"

为了能得到这支红蓝铅笔，小萝卜头每天晚上睡觉前都躺在床上牙牙地记俄语单词，天不亮便起来站在铁窗下背。当他能够用简单词汇同黄显声交流的时候，黄显声便把红蓝铅笔奖励给了他。他拿着这支红蓝铅笔，欢天喜地地跑回自己的牢房，抱住爸爸妈妈说："你们看看，你们看看，这才是真正的笔，这就是真的笔！"然后，他拿出草纸练习本，用这支笔给爸爸、妈妈写了四个字：大、小、多、少。这次之后，他再也舍不得用这支笔。他用草纸把它包起来，放在自己的内衣里，盼望着有一天出现教室、老师、课桌、同学的时候再用这支笔。

但不幸的是，他再也没有用上这支笔。1949 年 9 月 6 日，年仅九岁的他和父母还有杨虎城将军一起，被杀害于松林坡刑场。中华人民共和国成立后，当他的遗体被发现时，人们发现他的两只小手在胸前死死地握着。当人们慢慢将他小手打开的时候，发现里面攥着一支短短的红蓝铅笔。

小萝卜头每次从黄显声那里学习完下楼后，总喜欢坐在监狱底楼的栏杆上，呆呆地仰望天空。他想看破天空，他想看破高墙铁网，想出去看看。他想知道汽车长什么样，他想知道公路有多长，他想知道外面的世界究竟是什么样子。

但在他八年多的生命里，他只出过监狱大门一次。那时，他的母亲身患重病，狱方不得不用轿子抬她到监狱外的医院去治疗。为了沿途方便照顾，特务让小萝卜头跟着一块去。这样，小萝卜头才有了一次走出监狱大门的机会。

当轿子抬出白公馆大门后，小萝卜头欢天喜地、连蹦带跳。他拼命地、贪婪地看着眼中所出现的一切。房子、大树、汽车、公路、商店、土地庙……这对他来说太新鲜、太好看了！

突然，小萝卜头看见一群跟他一样大的小孩，围着一棵大树跑来跑去，他就情不自禁地向他们走了过去。他边走边想：他们怎么可以随便地乱跑？可他还没有走几步，一只大手就抓住了他的脖子，将他拽住。只听特务说："不要乱走，过来一起走。"他的脖子虽然被拽住，但是他的眼睛还是死死地看着那些围着大树乱跑的孩子。他真羡慕他们可以随便地跑来跑去……

当轿子走过磁器口大街时，有一家人正在办丧事，一口漆黑的大棺材停放在路边。小萝卜头愣愣地问："妈妈，妈妈，那个黑乎乎的大家伙是干什么的呀？"母亲抬起头来一看，非常伤心地对他说："孩子，那是棺材，人一进去后就彻底自由了！自由，自由啦！"小萝卜头牢牢记住了这句话。回到白公馆监狱后，他背着书包到楼上去上课的时候，到罗广斌的牢房门口悄悄地对他说："妈妈说的，只要进了棺材就可以自由了，你想想办法去找找！"然后，他又兴奋地对许晓轩说："许伯伯，找到棺材我们一起进去，这样我们就可以彻底地自由啦！"白公馆的每一个难友听到小萝卜头这样的"童言"，内心都在滴血，他们不知道该怎样向小萝卜头解释棺材的真正含义。

小萝卜头的童年就是这样悲惨地在牢狱中度过的。狱中的特殊环境，让他小小年纪，就练就了一双"火眼金睛"。他非常清楚地知道谁是坏人、谁是好人，他知道如何去和坏人做斗争、如何帮助好人。

一次，一个看守走过来想拿小萝卜头寻开心。看守对他说："小萝卜头，你叫我叔叔，我就给你吃块糖，这糖很好吃，是甜的！"小萝卜头看见特务手里的糖，伸手要去拿糖，特务把手举高说："先叫叔叔，后吃糖！"小萝卜头极不情愿地、慢慢地收回自己的手，不停地咽口水，吞吞吐吐地说："你不叫叔叔，你叫看守，是特务！"看守瞪着眼睛说："我的年纪比你大，你就应该叫叔叔的呀？快叫，叫了给你吃糖！"小萝卜头的眼睛死死看着特务手里的糖，嘴里却仍然坚持说："不，你不叫叔叔，你真的叫看守，叫特务！"这个特务气急败坏，要去打小萝卜头，小萝卜头立即跳下栏杆跑回了牢房。

晚上，小萝卜头久久不能入睡，他不停地问爸爸："什么是糖？糖是什么味道？"他抱住妈妈问："妈妈，妈妈，你怎么不给我吃糖？我们有没有糖？"爸爸不知所措，无可奈何地指着一旁的盐罐子对孩子说："这就是糖，我们的糖就在里面，就是平时你吃的味道。"

小萝卜头的狱中生活虽然悲惨，但他懂得苦中作乐。李碧涛随父母被关进白公馆时13岁，当时，她的父母一到狱中便被拉去问话，难友们便把李碧涛交由年纪更小的小萝卜头照顾。李碧涛虽然比小萝卜头年纪大，但毕竟是第一次进监狱。她不知道这是什么鬼地方，被吓得哇哇大哭。在她害怕时，是小萝卜头像个"小大人"

似的安慰了她。小萝卜头对她说："姐姐，你不要怕，不要哭，在这个地方要勇敢、坚强！"为了能够安抚这个大姐姐的情绪，小萝卜头拿出了他的"心爱之物"，对她说："姐姐，我们来玩玩具！"李碧涛"嫌弃"地说："这个鬼地方有什么好玩的玩具？"只见小萝卜头"扑通"一声趴在地上，从铺满稻草的地铺里抽出了几十张牛皮纸。小萝卜头说："姐姐，这叫扑克牌，是这里的叔叔阿姨专门给我发明的，我先教你认，再教你玩……"李碧涛看见这几十张牛皮纸，怀疑地对小萝卜头说："你这哪是什么扑克牌呀，是牛皮纸，而且画得都不像！"小萝卜头十分生气地说："姐姐，你不要乱说，这是叔叔阿姨给我做的，你不相信可以去问……"李碧涛看着认真的小萝卜头，也就没有再说什么。她没有想到，就是这几十张牛皮纸做的扑克牌成为他们两个小伙伴在狱中打发时间的唯一玩具。

一次，李碧涛一个人在玩这副扑克牌的时候，被看守发现，看守以她违反监规为由没收了这副扑克牌，并当场撕碎。小萝卜头在狱中唯一的小玩具被撕毁了，李碧涛非常难过。后来，李碧涛随父母一起被转囚到南京，后被共产党营救出狱。

中华人民共和国成立后，李碧涛听说小萝卜头在狱中被杀害，十分悲伤。她想到重庆看看，可一直未能成行。当有机会回重庆的时候，她带了一百副扑克牌。她想了却自己的一个心愿，也想告慰小萝卜头的在天之灵。

小萝卜头牺牲时不满九岁，却是个坐牢坐了八年的"老政治犯"。他是年纪最小的革命烈士。

铁窗黑牢里暗无天日，却无法阻挡他寻找自己的乐趣；他身小瘦弱，却用一颗爱心撑起了难友们的精神天空；他的生活比我们艰苦百倍，却比我们更珍爱知识和人生。他的生命永远凝固在那个悲惨的时代，但他天真的梦想如今已经变成了现实，他的渴望已经成为我们今天的幸福生活。

狱中坚持学习的谭沈明

在重庆红岩革命历史博物馆的藏品中，有两本特殊的笔记，里面写满了密密麻麻的英文和俄文。这两本笔记的作者就是坐牢十年、始终保持坚定革命意志的谭沈明。

谭沈明

谭沈明，1915 年 8 月出生于重庆，年少时因家境贫困到镶牙馆当学徒。1931 年九一八事变的爆发，极大地激发了他的爱国热情，使他积极地投身于抗日救国的运动中。1937 年，经地下党员张维祺介绍，谭沈明加入中国共产党。1938 年，受党组织委派，谭沈明到重庆南岸一个袜子厂当车间经理。1940 年 4 月，因在工厂从事张贴壁报等进步活动，他被特务以"危险分子"的罪名逮捕关押。

被捕后，特务对谭沈明进行了严刑拷打，逼他说出其他同志的下落。但他宁死不屈，没有吐露出一个字。特务见硬的方法不行，便采用软的方法，想以写"悔过书"就可以出狱的方法诱使谭沈明投降，但再次遭到了谭沈明的严词拒绝。特务见他软硬不吃，便把他关进积水的防空洞里。防空洞不断滴水，过于潮湿，半年没有穿过干衣服的谭沈明也因此患上痢疾。特务见他快不行了，再次逼他交代情况，但他仍咬紧牙关，不肯说出一个名字。最后，他被判处长期监禁，关押在贵州息烽监狱，后被转押至白公馆监狱。

在狱中，囚犯一年四季很难吃到一次肉，每日能吃到的往往也是最劣质的蔬菜，几乎没有油水。恶劣的生活条件，是特务妄图打垮革命者精神意志的一种手段。但谭沈明不但没有被击垮，反而更加坚定。他虽然只有初小文化程度，却始终坚持学习。没有笔，他就把竹签、竹筷子磨尖做"自来水笔"；没有墨，他就把纸屑、棉絮烧焦了拌上做"油墨"；没有纸，他就把烟盒纸、残衬衣收集起来做写作纸；席地而坐双腿靠拢就是桌；狱中那些懂外语的狱友就是老师；图书室里一本发黄的俄语字典就是参考……

在白公馆，不是所有人都有直接看报纸的机会。当时，被关押在二楼"优待室"的东北军爱国将领黄显声，每天可以看到报纸。他每次看完后，便将报纸通过秘密的孔道传阅给其他囚室的难友阅读。谭沈明就是这样得到了看报纸的机会。他经常记录自己对一些时事新闻的看法，也时常记录自己读书的心得体会。

四川外国语大学的教授们曾对谭沈明的这两本外文日记进行翻译。在看到日记后，他们感叹道："这需要怎样的意志和决心啊！"

谭沈明狱中学习外语的笔记

他们简直不敢相信，这两本具有大学水平的外文日记，竟出自一位学历不高的革命者之手。谭沈明对革命事业的信心，是他能不断学习新知识的奥秘。他已经做好了牺牲的准备，但仍希望能出狱继续做革命工作。他无限向往苏联，经常对难友道："万一能活着出去，一定要到苏联实地参观和深造。"

在那暗无天日、随时被死亡威胁着的漫长囚禁中，谭沈明从来没有忘记自己是一名光荣的中国共产党党员。他在狱中和韩子栋、许晓轩等人一起成立了"狱中支部"，鼓励难友继续斗争。他曾对同牢室的难友说："为了革命，为了真理，我们应该永久坚持下去。"在大屠杀的前几天，他还提出了一个意见，要求大家在思想意识上做好准备，必须做到在临难时"脸不变色，心不狂跳"。

大屠杀时，当特务杨进兴叫他的名字，让他准备"转移"时，他指着杨进兴的鼻子，痛骂道："你这个狗东西，你杀害了我们好多难友，禽兽不如，狼心狗肺。你杀，你杀吧，杀不绝革命志士。总有一天我们一定要以十倍的仇恨给你们，为牺牲的同志报仇。""你想跑到哪儿去？我们先走一步，你就要来！"这个狠毒的特务杨进兴在杀害谭沈明时，残忍地先割了他许多刀，但谭沈明始终挺立着英雄的身躯，怒视着特务。最后，他英勇地高呼着"共产党万岁！毛主席万岁！新中国万岁"的口号，身中数枪，为共产主义的光辉事业献出了宝贵的生命，牺牲时年仅34岁。

谭沈明的英勇无畏不仅使他在难友中赢得了爱戴和尊重，甚至赢得了一些看守人员的尊敬。

是块金子，不管把它放在哪个肮脏的角落，它都会发光、发亮。谭沈明在狱中宁死不屈、努力学习的故事，无疑是给我们后来人的一笔宝贵的财富。

狱中刻红星的"红心诗人" ——余祖胜

在白公馆监狱的墙上，写着这样几句标语：

正其谊不谋其利，明其通不计其动

进思尽忠，退思补过

而在渣滓洞的高墙上，同样也有这样几句醒目的句子：

余祖胜发表的作品

青春一去不复还，细细想想！认明此时与此地，切莫执迷！！

迷津无边，回头是岸，宁静忍耐，毋怨毋尤

这是国民党为了软化改造革命志士，特意写在墙上的。革命者每次放风时，总能看到这些刺眼的句子。他们的内心一次又一次受到冲击，意志一次又一次受到考验。

　　地下党重庆新市区区委书记李文祥，受刑多次没有屈服。但是在天天看到这些直刺心灵的标语口号后，他苦叹人生短暂，悲伤致死太可惜。坐牢八个月后，他主动去向特务交代，出卖组织沦为叛徒。

　　难友们愤怒了！

　　"要坚定革命意志，大家要坚强！"

　　但是在白公馆、渣滓洞监狱，并不是每一个人都能够做到。

　　为了鼓励难友们决不屈服，一个名叫余祖胜的诗人站了出来，用亲手刻制的"五角星"，鼓励他们坚持斗争。

　　余祖胜，1927 年出生于江西。1938 年，随父亲工作的汉阳兵工厂一同迁来重庆。13 岁进入二十一兵工厂当童工，1944 年考入二十一兵工厂技校。因为经常揭露社会黑暗问题，举报学校贪污伙食费，反对教官在训练中殴打学生，被学校以"误入歧途"的理由开除。失学后，他并没有灰心失望，而是积极面对。他坚持在家自学课程，常到图书馆阅读进步书籍，还自发组织了六人读书会。鲁迅的《呐喊》《彷徨》、高尔基的《我的家》《我的童年》都是他在那个时候读完的。他自己花钱订阅了一份《新华日报》，并深入厂区，了解工人们的生活状况。

　　1946 年 11 月，他在《新华日报》上发表了自己深入社会调查的诗作《阴暗的角落》：

我走进了一条阴暗而潮湿的巷子里，

衰老的墙脚两边生了一层绿苔，

没有城市的喧嚣声；

人们把这冷寂的巷子遗忘。

墙脚下好像有个什么东西，

远远的很难看得清楚。

黄昏带来了灯光，

渐渐能使我辨认他的面目。

他抬起头来默默地看了我一下，

从胸前伸出一只手来，

我知道他是一个小乞丐。

他没有控诉，

他那流着的眼泪替他说得太多。

我停止了脚步，想给他一点钱，

但我衣袋里除了两张草纸外什么都没有，

我惭愧地望着他滴着眼泪，

最后他向我点点头默默地走了。

这首诗，没有辛辣、尖锐的笔锋，只有冷静、客观的描述。如果没有对社会生活现实的深入了解，如果没有对生活在社会最底层人民的同情，如果没有一种强烈的社会责任感，他是写不出这样的作品的。出身贫苦的余祖胜亲身经历过这样的生活，他曾和兄嫂一起，自己动手在住屋门前搭了一间小棚屋，解决家庭住房拥挤的问题。他曾这样描述他的家："阴沟里臭水在翻泡泡，从耗子洞涌进屋来了；破脸盆浮在水上打转，我的家，就是一座小牢呵！"

他的另外一首诗《晒太阳》则表达了对社会不公正现象的愤怒：

> 太阳倾泻在石头上，
>
> 温暖着我和身躯，
>
> 呵？这也触犯了吸血鬼的法律！
>
> "哼！不讲羞耻！"
>
> 眼珠翻滚，
>
> 怒目瞪瞪。
>
> 在这人和兽混居的城堡里——
>
> 　道德、法律、武力、金钱……
>
> 　全是吃人的野兽！
>
> 春天，是强盗们的，
>
> 穷人永远生活在冬天里。
>
> 忿（愤）怒的（地）站在石头上，
>
> 我要回答——

总有一天，

我们将站在这个城堡上，

高声宣布：

太阳是我们的！

1947年2月，《新华日报》被国民党查封后，余祖胜和读书会的伙伴们，自发地创办了《火焰》墙报，并将其张贴在金工村最打眼的地方——金工一、二、三村的工友们上班、学生们上学的必经路口。余祖胜还亲自题写了《火焰献词》：

火焰！火焰！

燃烧着热情的火焰！

你辉煌万丈的光芒，

照遍了大地阴暗的角落。

你强烈的火焰燃烧着魔鬼，

温暖着我们每个战斗的心，

为着真理……

我们要唤醒沉醉的人们。

你美丽鲜明的火焰，

使多少人倾羡着你！

只有顽固的自私者，

想用残酷不仁道来毁灭你!

多少青年狂恋着你,

呵! 你的爱赐给大众,

是那么的普遍,

像天宇的太阳一样。

在黑暗里你指示正确的路,

他们举起了坚实的手臂,

向你致敬;

呵! 投进你的怀抱!

《火焰》墙报一贴出,立即吸引了大量的读者,有的阅读,有的还拿笔抄录诗句。这一行为惊动了反动当局,他们立即进行阻止。墙报仅出一期,便被迫停刊。

同年5月,余祖胜加入了中国共产党。在地下党重庆工委领导许建业的领导下,他参加了工人运动。加入中国共产党后,根据党的工作需要,他又再次进入二十一兵工厂修枪所做临时工。在兵工厂,他联络进步工人,为党组织搜集武器生产和运输情况;他将地下党刊物《挺进报》在进步群众中传阅。正当他准备组织工人秘密运送武器支援地下党武装斗争时,不幸因《挺进报》案被捕入狱,被关押在重庆渣滓洞监狱。

在狱中,许多难友都读过他发表在《新华日报》上的诗作,称他为"红心诗人"。他收集各种红、绿色胶牙刷把来做"五角星"，把铁钉在地上磨成雕刀，在牙刷柄上刻制"红心"，刻上"共产党万岁""革命到底""不自由，毋宁死"等外文缩写字母。放风的时候，他将刻制的象征革命者忠于党、忠于人民的革命事业的"五角星"，悄悄地塞到难友手中，鼓励他们坚持斗争。在监狱那种条件下，仅靠在地上磨的钉子在小小牙刷柄上刻写，需要极度的耐心和细心。他的这种行为不但鼓舞了难友的斗志，更表现了绝大多数被囚革命者对革命事业的绝对忠诚。

1949 年 11 月 27 日，他与 200 多名难友一起被国民党反动派残忍地杀害于渣滓洞。

黎明前的嘱托

江竹筠的遗书

江竹筠全家合影

江姐，原名江竹筠，四川自贡人，1949年11月14日被国民党杀害。殉难前，她通过出狱的曾紫霞带给谭竹安一封信，对自己的儿子彭云做出这样的安排：

友人告知我你的近况，我感到非常难受。幺姐及两个孩子给你的负担的确是太重了，尤其是在现在的物价情况下，以你仅有的收入，不知把你拖成什么个样子。除了伤心而外，就只有恨了……我想你决不会抱怨孩子的爸爸和我吧？苦难的日子快完了，除了希望这日子快点到来而外，我什么都不能兑现。安弟，的确太辛苦你了。

江竹筠在遗信中提到的"竹安弟""幺姐"是谁？他们与江竹筠之间又是怎样的一种关系？

这里所说的"竹安弟"是江竹筠丈夫彭咏梧的原配妻子谭正伦的弟弟谭竹安。1943年冬天，谭竹安从中央工业专科学校毕业考进重庆《大公报》做资料管理工作，与报社内外的进步人士有了频繁接触，参加了共产党的外围组织中国职业青年社，成为骨干成员。

江竹筠的遗信

这里提到的"幺姐"则是彭咏梧的原配妻子谭正伦。

彭咏梧，原名彭庆邦，1941年8月改名后到重庆工作，公开身份是中央信托局产物保险处职员。彭咏梧写信要求在云阳县的妻子谭正伦带着孩子来重庆，以便利用家庭做掩护。但是，妻子谭正伦正负债办家庭作坊，孩子彭炳忠又出天花，一时来不了重庆，便给彭咏梧写了一封回信。这封回信引起了地下党组织的担心和警惕。因为，此时重庆正处于白色恐怖之中，如果信件被特务截获，后果将不堪设想。所以组织建议彭咏梧立即断绝与下川东的一切联络，包括与妻子的通信。

从此，彭咏梧与谭正伦失去了联系。

1943年5月，为了给地下党的整风学习活动做掩护，为了革命大局，党组织不得不安排彭咏梧与江竹筠假扮夫妻。"凡有利于党的话才说，有利于党的事才做"，以此为座右铭的江竹筠服从了党组织安排。

随着抗战即将胜利，地下党的组织恢复和党员甄别等工作日益加重。为了保证这个"家"的绝对安全，1945 年 7 月，组织安排彭咏梧与江竹筠正式结婚，后来他们有了孩子彭云。

1946 年 11 月的一天，彭咏梧去解放碑的国泰电影院开展联络工作，突然听到一声"邦哥"。他回头一看，那不是与自己失去联系多年的原配妻子谭正伦的弟弟谭竹安吗？"我终于找到你啦！"谭竹安激动地说。由于在公共场所人员复杂、特务的眼线众多，彭咏梧迅速上前阻止了谭竹安的相认，并且约他改天再谈。

后来，党组织安排谭竹安去给江竹筠汇报工作，在谭竹安汇报完工作后，江竹筠主动向谭竹安讲明了她与彭咏梧的关系……随着与江竹筠在工作上的接触增多，谭竹安对江竹筠更加敬佩，他们一直以姐弟相称。

1947 年，为配合三大战役的推进，川东临委执行上级指示：发动武装骚扰、牵制国民党兵力出川，并在下川东组织发动农民武装起义。临委考虑到彭咏梧来自下川东地区，决定派他到农村组织武装力量，江竹筠作为上下川东的联络员一起去下川东。

夫妻二人要去下川东，但他们不可能背着一个孩子行军打仗，只能将一岁多的彭云留在重庆。那谁来照顾彭云呢？

彭咏梧、江竹筠同时想到：只有请谭正伦来重庆帮忙照顾孩子。当他们把这一请求向谭竹安提出时，谭竹安说："姐姐到现在也不知道你们俩的真实情况啊!"

"你把情况写信告诉她吧,请你相信我,我会理清自己的感情,一旦这次任务完成,我会终止与老彭之间的关系,让他回到你姐姐身边。她在了解真实情况后,我相信她会来重庆帮助我们带孩子的⋯⋯"

后来,谭正伦看到了弟弟谭竹安的来信。她痛心自己等待六年的丈夫竟然已与他人结婚,而且还有了孩子。她决心带着儿子彭炳忠去重庆等他们回来,她要见见弟弟说的那个江竹筠,她要看看彭咏梧怎样向她解释⋯⋯

然而,因为种种原因,谭正伦未能立刻动身。正当她快要到重庆时,却收到了一个巨大的噩耗。

彭咏梧在下川东奉节组织武装起义时遭国民党部队围剿,为掩护游击队员撤退,在战场上殉难。国民党将彭咏梧的头颅砍下来挂在城楼上示众。谭正伦闻此噩耗悲痛欲绝,她想不到苦苦等待的丈夫就这样与她阴阳两地、永远地分别了,她捶胸顿足、泪流不止⋯⋯组织决定把江竹筠调回重庆工作,一来平复情绪,二来好照顾孩子。但是,江竹筠向组织表示:"老彭在什么地方倒下,我就应该在什么地方坚守岗位!"谭正伦听此情况后百思不得其解:这是什么样的一个女人啊?连自己的儿子都不顾,要去革命,这革命的含义究竟是什么啊?

1948 年 6 月,在万县坚守岗位的江竹筠不幸被叛徒出卖遭到逮捕。在渣滓洞监狱里,她严守党的机密,坚贞不屈。为了使江竹筠屈服,国民党想要把她的儿子抓住来威胁她。为此,谭正伦在党组织的安排下，带着两个孩子不断地更换住址，东躲西藏。虽然，组织有所接济，但是更多的生活费用则是靠谭竹安一人的收入来负担。当时国民党金圆券贬值，为抚养两个孩子，谭正伦的负担实在太沉重。但为了免除更多人的苦难，江竹筠没有办法帮谭正伦分担，只能咬牙默默忍受。

为了革命工作的需要，江竹筠与彭咏梧从战友到夫妻，始终坚持党的利益至上、任务观念至上。面对老彭的原配妻子，她只希望能够得到理解和原谅。她没有去找任何的托词，面对老彭的家人，信中那句真挚的"我想你决不会抱怨孩子的爸爸和我吧"，表现出革命者之间的坦白。"苦难的日子快完了，除了希望这日子快点到来而外，我什么都不能兑现。安弟，的确太辛苦你了。"为了人民不再有痛苦，为了革命的胜利，革命者只能默默忍受着骨肉分离的痛苦。

中华人民共和国成立后，谭正伦说："我要用毕生精力把彭云抚养成人！"

"孩子们决不要娇养，粗服淡饭足矣。"这是江竹筠在寄给谭竹安的信中一再强调的问题。"猪圈岂生千里马，花盆难养万年松"，江竹筠深知革命者，必须要在生活中低标准，在工作上高标准。没有吃过苦，哪能懂得幸福的来之不易？

1949 年 11 月 4 日，江姐一行人被特务押解着，行走在没膝的杂草丛中。

电台岚垭刑场到了。

特务突然停下休息。

江姐站立，环顾四周。但见歌乐山雾气浓浓、山风微微。焦黄的杂草丛中，不知名的小花，虽被秋风吹得起伏摇摆，但仍顽强地怒放着。江姐深深地呼吸着这难得的新鲜空气。

突然，一阵枪声响起，江姐重重地倒下，鲜血流淌，染红了她身边的小花。

江姐走了，留下了对党的绝对忠诚，对亲人博大而深沉的爱！

她殉难时年仅 29 岁。

车耀先给子女的告诫

从经营餐馆到参加军阀部队，从做士兵到成为军官，从信奉基督教到信仰马克思主义、投身于抗日洪流中，从在成都教授注音符号到创办《大声周刊》，车耀先的种种人生经

罗世文、车耀先墓前雕塑

历都证明了选择正确人生道路的不易。挫折、困惑都会使一个本来有光明前途的青年走入人生的歧途，而个人价值只有与社会价值相结合，才能够表现出人生的最大意义。因此，他在社会活动中，在对子女的教育上都投入了极大的心血。他的几个子女，都在他的教育引导下成为社会进步运动的中坚力量。革命者张露萍也是因为受了车耀先的长期教育、引导，才走上了献身于民族解放事业的道路。

1934年以后，车耀先在世界语学会、注音符号促进会等社会团体中积极活动，团结了一大批青年知识分子，并担任注音符号促进

会常务理事，在四川省立成都师范学校任国音（注音符号）教员，主办了几期以小学教师为主要教学对象的注音符号传习班。他通过讲课和课后谈话，给学生讲解时事，传播抗日救国的思想，启发了不少有志青年走上革命道路。1937年，车耀先在成都师范学校毕业班的黄玉珍同学的笔记本上题写了毕业赠言：

周恩来为罗世文、车耀先题写的墓碑

经济生活和文化确实有密切的联系。人类的经济生活，是人类文化的基础。而人类的文化，又只是经济生活的上层建筑。但这种联系，并没有证明有钱人一定文明和穷人一定野蛮。这联系只是表现为这样的事实：哪怕是在社会上处于被屈辱的地位的人，哪怕在这地位上不断地感到经济生活的恐慌和穷乏，如果这恐慌和穷乏是逼着他们向上，逼着他们对屈辱和被掠夺的现状起来反抗时，他们反抗的努力就是"知荣辱"的表现。他们在反抗的努力中就同时会促进文化的向上。反之，对别的国家或人民实行侵略掠夺，或者帮着侵略者掠夺别人，以达到自己的丰衣足食的人，才真正是"不知耻"的人群，是文化的破坏者。

这个笔记本，黄玉珍同学一直珍藏了五十多年，直到 1996 年捐献给重庆红岩革命历史博物馆。她希望烈士的遗言能教导更多青年树立正确的荣辱观。

针对当时一些青年感到前途迷茫、迷信命运的情况，车耀先对传统的"八字算命"进行了入情入理的分析，鼓励青年朋友要努力奋斗，而不要消极地等待命运的安排。他说：

> 究竟八字与人生有无关系？据我所知一点关系都没有。假如以降生的时间关系，就能影响人生的话，那么，根本就没有人生了。因为人生就是奋斗。命既前定何必奋斗呢？既不奋斗，何有人生？又云命好奋斗易成功，不好就不易成功，也是不对的。成功不成功，是人的能力够不够的问题，决不是命好命不好的问题。我们能说："每天同一时辰而生的一万人的命运，都丝毫不差吗？"与人生有关系的是：生前的腹教，生后的保育、教育，与自己努力不努力诸问题。降生的时间，除了警告我们说"年龄不小了，还不努力吗"之外，与人生毫无关系。

当狱方极力推崇《曾文正公家书》时，车耀先由此受到启发，想到今后能否出狱断难预料，应该给儿女们留下引导人生的文字。于是他借口要写《曾文正公家书》读后感，向狱方要来笔和纸，写下了他《自传》中的《自序·先说几句》，他这样写道：

民国二十九年三月，余因政治嫌疑被拘重庆，消息不通，与世隔绝。禁中无聊，寝食外辄以《曾文正公家书》自遣。遂引起写作与教子观念。因念余出身劳碌，磨折极多；奋斗四十年，始有今日。儿女辈不可不知也。故特将一生之经过写出，以为儿辈将来不时之参考。使知余：出身贫苦，不可骄傲；创业艰难，不可奢华；努力不懈，不可安逸。能以"谦""俭""劳"三字为立身之本，而补余之不足；以"骄""奢""逸"三字为终身之戒，而为一个健全之国民。则余愿已足矣。夫复何恨哉！

由于在监狱做图书管理员，车耀先有机会阅读大量书刊资料，不断地审视自己的人生过程。面对形形色色的各类人员、林林总总的社会百态，车耀先经常思考：究竟什么是一个人必须有的人生观和价值取向？从大量的史实资料中，从无数历史人物和事件中，他感到高尚的人格使短暂的生命有了一种伟大的意义。健全人格，必须脚踏实地，服务社会，追求光明，淡泊名利。所以，能够做一个好父亲就是给子女们在人生道路的选择上做了一个好榜样。"谦虚处世，节俭度日，勤劳为生，在任何情况下不可丢失这立身之本；防止骄傲，杜绝贪婪，不求安逸，无论处于何种情况下要牢记这三戒，服务社会而成为健全之国民。能够做到这些，父亲是没有任何遗憾可叹的了。"由此可见，车耀先的家国情怀之大，之博，之远。

这封遗书既是车耀先从自己的人生经历中感悟出的道理，也是从一个家的角度为子女定下的道德家规，字里行间洋溢着中华优秀传统文化中最可贵的家国情怀和一个革命者对子女的殷殷嘱托。

"谦""俭""劳"为立身之本，成事之基。

"骄""奢""逸"为终身之戒，律己修身。

王朴给母亲的嘱托

1945年1月28日，党中央针对国民党统治区在经济上、政治上、军事上面临的危机，致电南方局周恩来同志，决定将工作的重心从城市转向农村，组织动员一批党的骨干和进步知识青年到农村，利用各自的社会关

王朴烈士之墓

系，建立据点，扩大党的工作基础。

根据南方局的指示，重庆地下党组织决定让王朴回家乡建立据点，为党筹措经费。

地下党组织为什么要调王朴回江北县呢？

原来，王朴的母亲金永华是当时富甲一方的大地主。早年，她随丈夫在日本经营生丝企业，赚了大笔钱财。后来丈夫在日本病故，她变卖了在日本的全部企业回国，落户重庆江北老家，收购了大量

田产，成为当地的首富。

1945年7月，王朴首先为地下党创办了南华贸易公司，并把它作为地下党在城内的联络据点和经费来源处。

王朴从城里回到江北家里，总是给母亲带回《新华日报》。"这上面的内容，有国共两党和国际反法西斯战争的内容，值得一看。"他对母亲说。"这报纸我喜欢看，《中央日报》我也看，两边内容可以比较看，很有意思的。"在国外做过生意的母亲很清楚，看报纸对经营企业是有帮助的，尤其是抗战即将胜利，她更需要了解时事。通过比较，她对时局和时事有了许多自己的看法。

为了使农村工作有合法的掩护和据点，地下党组织向王朴提出，希望王朴利用他母亲在当地的影响，在老家江北静观为地下党办一所学校：一来为地下党领导干部提供公开合法的身份；二来为地下党到农村工作的同志提供掩护之所，也为开展农村工作提供支持和方便。

当王朴提出希望母亲拿钱支持办学校计划的时候，金永华认为办学校是对社会有益的事情，便拿出30两黄金买下复兴乡的李家祠堂，创办了莲华小学。后来，又收购了天津志达中学。金永华担任学校的董事长，王朴担任校长。这两所学校不但为农村学生教育提供了方便，也为党在农村的工作据点提供了掩护。

从1945年秋到1949年秋，为了加强对莲华小学、志达中学据点的建设和领导，南方局等党组织，先后调派了党员干部共三十余人来校工作，充实了革命力量。

1947年秋，中央指示川东地下党发动游击战，牵制国民党兵力出川。为了组织发动武装起义，王朴积极说服动员母亲筹措经费。

"妈妈，我需要一大笔钱去办事，能不能把我的田地股份卖掉，换成黄金，也希望妈妈能给我帮助！"金永华对儿子王朴所做的事情也略知一二，她一直相信自己的儿子是一个对社会、对人民有责任心的人。"我可以支持你，但是一定要记住，钱要用在该用的地方。"后来，王朴把地下党的人带来与金永华磋商后，她先后三次将家中田产变卖，折合黄金交给王朴借给地下党。凭借这笔经费，地下党购买枪支弹药、医疗器械、药品，连续三次在下川东发动武装起义，成功牵制国民党兵力出川，有效地保证了全国解放战争的进行。

不幸的是，1948 年，特务从一个参加游击起义被捕人员的包里查出一张南华贸易公司的支票。国民党行辕二处调查发现，南华贸易公司的经理是王朴，认为他有明显的"共党嫌疑"。4月，行辕二处将王朴逮捕。在狱中，特务提出两条道路供王朴选择：一条是悔过自新，一条是长期监禁。王朴义正词严地回答："我愿选择后一条。"特务将叛徒刘国定带到狱中与王朴对质，刘国定试图现身说法要王朴"识时务"，得到的却是王朴一记响亮的"耳光"。王朴怒斥叛徒刘国定"灵魂肮脏、人格下流"。

中华人民共和国成立后，特务徐远举在《血手染红岩》交代材料中记述："王朴，30岁，江北人，中共地下党员，复旦大学毕业，他的家庭是江北的大地主，自办一所中学……他毁家纾难，卖了许多田地给地下党做经费……我两次对他劝降，他冷笑几声，表示拒绝。"

临刑前，王朴设法带出口信给他的母亲和妻子。他嘱托母亲：

你要永远跟着学校走，继续支持学校，一刻也不要离开学校，弟、妹也交给学校。

他嘱托妻子褚群：

莫要悲伤，有泪莫轻弹。你还年轻，你的幸福就是我的幸福。狗狗（王朴儿子的乳名）取名"继志"。

1948 年 10 月 28 日，王朴在重庆的大坪刑场被公开枪杀。

金永华从报纸上知道了这个消息，她的手忍不住颤抖，泪水直流。她反复回忆儿子所做的事情：拿钱办学、开公司资助学校。往来人员都是像儿子那样有社会责任心的人，他们宣传和平民主、帮助穷人上学、为社会自由幸福而奔波，有什么错？儿子的选择是对的。她决心要把儿子创办的这两所学校继续办下去，听儿子的话，跟着学校走。

金永华从王朴的办公室里走出来的时候，看见全校的老师和同学们都静静地站在那里，她非常激动地对大家说："你们的校长王朴他不仅是我的儿子，而且也是我的老师！他使我明白了人与社会、人与国家的关系，我必须负责地把学校继续办下去。"

在儿子王朴殉难的地方——大坪刑场，金永华站在一个坡地上，抚摸着儿媳褚群颤抖着说："哭吧！用泪水为他送行吧……从他被捕以后我就预感到他回不来了。你要记住丈夫给你最后的交代：莫要

悲伤，有泪莫轻弹！一定要让小狗狗今后懂得爸爸给他取名'继志'的含义。"

重庆解放后，重庆市政府的同志带着银行的存票 2000 两黄金（包括利息），到金永华老人家中去归还当年的借款。金永华手捧着烈士荣誉证书，思绪万千。她含着热泪对政府的同志说："我出生于光绪末年 1900 年，经历了许多历史性演变。从创办莲华学校到迎来解放，是我儿子王朴用鲜血和生命促使我认识共产党，了解共产党，是他教育我跟党走！王朴不仅是我的儿子，更是我人生道路上的导师。"她把媳妇褚群抱在怀里问："你说，这钱我们该不该收回?"哭泣的褚群连连摇头说："不，不，我们不能收!""这是我们按照当时的借钱协议归还的，这些钱也属于你们自己……"政府的同志劝说道。金永华松开双手，非常郑重地对政府的同志说："我的儿子参加革命是应该的，现在要我享受组织的照顾是不应该的；我当时把家中田产变卖，把黄金借给地下党是应该的，现在要接受政府的归还是不应该的；作为家属和子女继承烈士遗志是应该的，把烈士的光环罩在自己头上作为资本向组织伸手是不应该的。"在场的同志为金永华的这种诚恳、大义而感动，最后他们没有再要求金永华收回这笔借款，而是把它交给了国家。

王朴的儿子王继志大学毕业后在南京一所科研单位从事技术工作，是一位对国家科学技术发展有贡献的专家。笔者在与他交往数年的过程中，深深地记住了他说的这样两句话："父亲的一生给我最大的启示是，在金钱与理想的天平上何以为重。钱只能为人服务，人不能为钱去服务，这是一个基本的道理。"

金永华老人在 84 岁高龄时加入中国共产党，92 岁时与世长辞。一位中央领导在参观他们的生平展览后题词："光荣的儿子，伟大的母亲！"

蓝蒂裕的《示儿》诗

你——耕荒，
我亲爱的孩子：
从荒沙中来，
到荒沙中去。
今夜，
我要与你永别了。
满街狼犬，
遍地荆棘，
给你什么遗嘱呢？
我的孩子！

蓝蒂裕

今后——
愿你用变秋天为春天的精神，
把祖国的荒沙，

耕种成为美丽的园林！

这是在渣滓洞监狱殉难的蓝蒂裕烈士写给儿子蓝耕荒的一首遗诗，由脱险志士傅伯雍带出。遗诗不到百字，从构思到完成却用了五年的时间，是红岩家书中创作时间最长的作品。一字一句，爱憎分明，语言朴素，感人肺腑。诗歌既有壮志未酬的遗憾，也有共产党人对明天的美好期盼和信念，字里行间的舐犊情深更是令人动容。全诗围绕儿子"耕荒"的名字展开，字字表现了革命者的豪情与无畏，句句表达了父亲对儿子的厚爱和嘱托。

蓝蒂裕，1916年出生于重庆梁平，青年时参加救亡运动，1938年在四川省万县师范学校加入中国共产党。1939年，他到重庆海员工会担任《新华日报》发行员，暗中从事党内交通工作。1941年，在江北县第二保育院工作时，由于看《新华日报》被特务发现逮捕，于深夜逃出。

1944年，以小学教员的身份为掩护开展地下活动的蓝蒂裕，有了第一个孩子。"要让他像我们一样，为求大众的解放，去改变中国社会。""那你给他取个有意义的名字吧。"妻子郑彻看着兴奋不已的丈夫说。"叫耕荒！我们干革命一无所有，为国家为民族我们甘愿付出一切。他从荒沙中来，也到荒沙中去，要像我们一样一辈子去奋斗！"妻子点点头，也认可丈夫取的这个有寓意的名字。

1947年年底，党组织派蓝蒂裕和郑彻从重庆返回梁平，从抗粮、抗丁、抗捐着手，发展民众开展武装斗争，做好配合解放军入川的准备。他们背着儿子蓝耕荒和女儿蓝祝卉翻山越岭、走村串寨执行任务，有时就把孩子托付在老乡家里。

1948 年冬，国民党反动派垂死挣扎，组织清乡队，到处搜捕共产党员和爱国人士。当时，有个地下党负责人在垫江被捕，蓝蒂裕四处设法，积极营救。为了保全组织和同志们的安全，他又冒着生命危险，紧急通知转移。一个寒风凛冽的日子，他来到梁平县荫平乡太坪寨上去布置新的战斗任务，因一个被清洗出党的人告密而被捕。

"那天父母离开我们，我哭着叫喊：'爸爸背我、爸爸背我……'我印象很深，爸爸说去上山打狼，等把豺狼打死，爸爸就回来背我……"蓝蒂裕的儿子回忆道。

面对敌人的种种威逼利诱，蓝蒂裕拒绝一切指控，坚决不吐露实情。他知道自己来日不多，非常惦念自己的儿女。"我给儿子取名耕荒，希望他能够走我的路。也许我再也见不到我的儿女，但是我想给他们留点什么。"从渣滓洞监狱脱险的人回忆说："他反复念着'耕荒''耕荒'……大屠杀的前几天他在一张小纸条上给子女写完了他的《示儿》诗。"

从 1944 年为儿子取名耕荒，到以这个名字创作《示儿》诗，蓝蒂裕花费了五年。从抗战烽火中的救亡运动，到配合人民解放军进军大西南发起武装起义，蓝蒂裕追求劳苦大众的解放，坚定执着地追求理想，坚守信仰，为党努力工作，甘洒热血写春秋。"你——耕荒，我亲爱的孩子"，充满父亲对儿子深深的爱。"从荒沙中来，到荒沙中去"，他希望儿子干干净净地来到人间，服务社会，清清白白地做人。"今夜，我要与你永别了"，是充满遗憾的无奈选择，因为

"满街狼犬""遍地荆棘"，旧中国的满目疮痍还未彻底改变。"给你什么遗嘱呢?"蓝蒂裕无比乐观向上，充满深情地希望儿女"今后——愿你用变秋天为春天的精神，把祖国的荒沙耕种成为美丽的园林"。他希望儿女不忘父辈的遗志，将党的事业作为自己的事业，将祖国的繁荣富强作为自己一生的奋斗目标，在未来的日子里，踏踏实实做一个对国家、对社会、对人民有贡献的人。

蓝蒂裕的儿子蓝耕荒没有辜负父亲的期望，他从部队转业后，放弃去省里工作的机会，选择回到母亲所在的泸州警察学院做后勤管理工作，为绿化事业奋斗终生。他说:

　　父亲为了表达他对共产主义事业的坚定信念和为之而奋斗终生的决心，曾经三次修改自己名字。原名蓝俊安是我爷爷给他取的。入党后，为了追求伟大崇高的共产主义事业，他又改名为蓝崇高。面对白色恐怖，为坚定革命信念和意志，他又改名为蓝亚松，立志要做亚洲的一棵青松永远傲立不倒! 又过了一段时间，父亲思虑很久后跟我母亲说:"我只有奋斗的远大理想、决心与勇气，还不够完美，我还应该明白我们跟着党出生入死和敌人做斗争，最后要达到什么目的。我应该再改一次名字叫蓝蒂裕，意为打倒法西斯蒂，让天下劳苦大众彻底翻身解放，过上幸福富裕的生活。"这便是他三次给自己改名的缘由。父亲用自己一生对党的忠诚证明了他改名的内涵，不愧是一个有担当精神的中国男子汉!

　　父亲不但修改他自己的名字表达他对党的忠诚，而且给我取名，给我母亲改名，要求也要像他一样跟着党将革命进行到底！我母亲原名叫郑为洁，父亲也说她的名字带有浓厚的封建色彩，将她改名叫郑彻，意为要做一个彻底的革命者。给我取名叫蓝耕荒，意为开垦荒地是一件艰难困苦的事业，教育我一定要以垦荒者坚韧不拔、不断奋进的精神，为祖国、为人民去开垦！

许晓轩的临终遗言

在重庆红岩革命历史博物馆里，有一件极其珍贵的文物——一张巴掌大的香烟盒内包装纸，上面写着"宁关不屈，安"五个大字。这张字条的书写者是革命烈士——许晓轩。

许晓轩，1916年出生于江苏江都。九一八事变后，他积极投身于抗日救亡的洪流中。1938年，他随无锡公益铁厂迁到重庆，在共产党的领导下组织青年学习理论，宣传抗日，参加革命活动。1938年5月加入中国共产党后，先后在复兴铁工厂、国民党的液体燃料管理委员会和中华职业教育社等单位以会计身份作为掩护，从事地下工作。在沙坪坝开青年书店时，又担任中共川东特委青委创办的《青年生活》月刊的编委。1939年春，他担任中共川东特委青委宣传部部长，后任中共重庆新市区区委委员。

1940年4月，许晓轩去大溪沟二十一兵工厂分厂开会，会议结束后即被早已埋伏的特务逮捕。他先后被关押于望龙门看守所和白公馆监狱。1941年10月，又被转押到贵州息烽监狱。在狱中他凭着对党的无限忠诚和机智勇敢，多次破坏敌人的阴谋。他在一棵核桃树上刻下"先忧后乐"四个大字，展示了他作为一名共产党员"先天下之忧而忧，后天下之乐而乐"的精神境界。1946年7月，贵州息烽监狱被撤销，许晓轩等又被转到重庆白公馆监狱。在白公馆，许晓轩、谭沈明、韩子栋三名同志组成了临时支部，许晓轩担任支部书记。

1947年年底，李子伯同志被转押至渣滓洞监狱囚禁，临别时，许晓轩作了一首赠别诗相送：

> 相逢狱里倍相亲，
> 共话雄图叹未成。
> 临别无言唯翘首，
> 联军已薄沈阳城。

在狱中，许晓轩十分关心难友，曾多次为他们写诗。敌人在重庆大坪公开枪杀了地下党重庆市委负责工运的许建业等同志，消息传入狱中，许晓轩怀着对敌人的无比愤恨和对战友的深切悼念，写下了一首七言律诗：

> 噩耗传来入禁宫，悲伤切齿众心同。
> 文山大节垂青史，叶挺孤忠有古风。
> 十次苦刑犹骂贼，从容就义气如虹。
> 临然慷慨高歌日，争睹英雄万巷空。

许晓轩在息烽监狱时，特务多次劝他"悔过自新"以获得自由，出去与妻子、女儿团聚，他都坚决拒绝。在息烽监狱，特务要他在树上写八个字：先忧后乐，效忠党国。他踩着楼梯，将"先忧后乐"四个字写完，就故意从楼梯上摔下来，而拒绝写后面四个字。

在白公馆监狱许晓轩从容地对难友说："如果在我临死的时候，敌人问我有什么要求，我就说要看当天的《新华日报》。看后死无遗憾了。"

他的妻子姜绮华四处奔走，为营救丈夫而奔波，但是最终她得来的是丈夫死于重庆解放前大屠杀的噩耗。姜绮华在中华人民共和国成立后一直未再嫁，她说："他在我心中的位置没法拿掉……"许晓轩被逮捕的时候，他的女儿许德馨只有八个月。1947 年，许晓轩再次被押回重庆关押的时候，姜绮华母女俩收到一封从狱中带出的信，许德馨这样回忆说：

　　有一次，父亲从狱中托人转来了一封信，更准确地说，这不是信而是他革命意志的自白，是斗争到底的宣言！他带给我们的是一个香烟盒子，后面有五个铅笔字——"宁关不屈，安"。后来越狱出来的同志说，敌人对我父亲软硬兼施。开始，强迫他在烈日下做苦工，酷刑拷打，但是无法从他嘴里得到一个字。敌人不得不承认严刑在我父亲身上是无效的，审讯更是多余。于是，他们改用软的，妄图以释放为钓饵，要父亲在"悔过书"上签字，但父亲直截了当地说："要枪毙，请便！要我签字，休想！"

父亲来不及给我们留下遗言就牺牲了，1947 年春天他入狱七年后写给母亲一封信，信上说："……我想到了馨儿长大了，她长得很结实，比你我都强。她读我读过的书，做我做过的事，并且相当能干，一切不落人后……"

　　1949 年 11 月 27 日，许晓轩在白公馆被押出枪杀时，他知道自己生命的最后一刻到了。他走出牢房仰望天空，弥漫的浓雾锁住山城的太阳，使他不能够亲眼看见五星红旗，但是中华人民共和国的成立使他有无上的荣光。回过头，他看见牢房里每一双熟悉的眼睛，镇静地留下一段政治遗言："请转告党，我做到了党教导我的一切，在生命的最后几分钟，仍将是这样，希望组织上经常注意整党整风，清除非无产阶级意识，保持党的纯洁。"

　　在监狱里"悔过自新"就能够出狱，在监狱里"出卖组织和同志"就能够获得"新生"，每个人都随时处在"两个世界"之间。坐牢与出狱考验着共产党员们的思想，使他们在死亡和生存之间必须做出选择。许晓轩像常人一样，有自己的家庭，有自己的子女。他也非常爱自己的家人，但是作为一个有政治信仰的人，他宁关不屈，宁死不屈。他爱"小家"，更爱"大家"。

　　理想信念是一种精神的力量，它可以支撑着烈士们忍受一切痛苦和摧残。像许晓轩一样的烈士以生命书写了"绝对忠诚、永不叛党"的理想信念。

文泽的秘密记录

1949 年 11 月 27 日，国民党在溃败逃亡之时，命令特务对被关押在白公馆、渣滓洞等监狱的革命者进行了疯狂的大屠杀。在大屠杀期间，被囚于白公馆监狱的文泽，写下了《天快亮的行凶》一诗：

黑夜是一张丑恶的脸孔，
惨白的电灯光笑的（得）象（像）死一样冷酷。
突然，一只粗笨的魔手，
把他从恶（噩）梦中提出。

瞪着两只大眼，定一定神，
他向前凝望：
一张卑鄙得意的笑脸，
遮断了思路。

立刻，他明白了，

是轮次了，兄弟，不要颤抖，

大踏步跨出号门——

他的嘴裂（咧）开，轻蔑地笑笑：

"呵，多么拙笨的蠢事，

在革命者的面前，

死亡的威胁是多么无力……"

记着，这笔血债，

弟兄们一定要清算：记着，血仇。

呵，兄弟，我们走吧，

狗们的死就在明朝！

血永远写着每个殉难者的"罪状"——

第一，他逃出了军阀、土豪、剥削者的黑土；

第二，他逃脱了旧社会屠场的骗诈、饥饿；

第三，他恨煞了尘世的麻痹、冷漠、诬害；

第四，他打碎了强盗、太监、家奴、恶狗加给祖国的枷锁；

第五，他走上了真理的道路，向一切被迫害、被愚弄的良心摇

动了反抗的大旗……

呵，兄弟，你走着吧！勇敢地走着吧！

呵，兄弟，记住我们战斗的信条：

假如是必要，你就迎上仇敌的刺刀。

但是真理必定来到，这块污土就要燃烧。

刽子手轻轻拍拍他的肩膀，

他，突然发出了一声冷笑。

一转身，他去了。

呵，兄弟，

不用告别，每一颗心都已知道！

呵，快天亮了，这些强盗狗种都已颤慄（战栗）、恐慌，

他们要泄忿（愤）、报复，灭掉行凶的见证，

他们要抓本钱，然后逃掉。

但是你听着：狗们不能被饶恕，

血仇要用血来报！

　　文泽，四川合川（今属重庆）人。1938 年加入新四军，在政治部从事新闻工作。1939 年加入中国共产党。1941 年 1 月，在皖南事变中被捕，先后被囚于江西上饶、贵州息烽和重庆白公馆监狱。在狱中，他曾带头粉碎敌人制定的"联保连坐法"。坐牢八年，他始终守口如瓶，没有暴露自己的身份。

　　1949 年 11 月，中国人民解放军向四川发起强大攻势，国民党军队接连溃败，最后决定改变计划，放弃重庆。在逃离重庆时，在渣滓洞、白公馆等监狱制造了惨绝人寰的大屠杀。面对国民党最后的疯狂，面对自己生命即将被毁灭的时刻，文泽怀着"血仇要用血来报"的满腔怒火，拿起笔写下《天快亮的行凶》。他提笔，要把自己在生命最后所看到的罪恶记录下来，他要把国民党最后的疯狂记录下来，他要使后人知道这里在黎明前所发生的一切。

他的文字流露出一种对共产党虔诚的信仰，一种不可战胜的力量。因为他绝对相信"真理必定来到，这块污土就要燃烧"。

看着战友们面对死亡的潇洒大度、绝不怕死的革命精神，他写下"假如是必要，你就迎上仇敌的刺刀"。这是一种追求生命不朽的决然和捍卫真理的坚定。

这首诗不但真实记录了国民党逃离之际实行大屠杀的疯狂与罪恶，也充分展示了革命志士为了理想，为了真理，在烈火与热血中不懈追求的悲壮。

这首诗最后由脱险志士藏在胶鞋里带出，是一份珍贵的史料。

歌乐山下埋忠骨，两江回荡英烈名！

宣灏最后的请求

在白公馆监狱中，有这样一个人，他不是共产党员，却始终有一颗对共产党和人民忠诚的心。他的名字叫宣灏，1917年出生于江苏江阴。贫困的家境、父亲的打骂从来不曾磨灭他对知识的渴求。

九一八事变后，14岁的宣灏想参加新四军，投入抗日的洪流中去，却被广告误导而进入"中央军校特种技术训练班"下属的"息烽训练班"受训。由于阅读进步书籍以及和外面的进步朋友通信，宣灏受到监禁。在一个细雨蒙蒙的夜晚，他逃出了禁闭室，准备投入皖南新四军的怀抱，但又在十里之外被抓回。在禁闭室里，敌人叫宣灏写信诱捕他的朋友，遭到了他的坚决拒绝。当他再一次逃出禁闭室又被抓回后，敌人威胁他"不思悔改就杀掉"。他却顽强地表示："只要有机会，一定要到新四军去！"由于坚强不屈，他最终被以政治犯的罪名，辗转押至重庆白公馆监狱关押。

在白公馆监狱，想起自己一次一次地被军统特务折磨的经历，宣灏决心把军统监狱里的黑幕写成书稿，进行公开揭露。每天半夜他偷偷起来，借牢房门缝透进的一点灯光练习写作，长期不懈。在九年多的铁窗生涯中，他与革命志士同囚一室，受到强烈的感染与熏陶，更加坚定投靠新四军的选择。他在狱中写下一首诗表达自己的人生态度："我不希望在我的墓石上，饰着诗人的月桂冠，我只希望饰着战士之剑与帽子！"

由于宣灏"军统违纪分子"的身份，狱中党组织与他保持了一定的距离。狱中共产党人敢于斗争的精神、坚贞不屈的气节却深深地吸引着他。脱险志士毛晓初回忆说："有次，我们传递白公馆版的《挺进报》，传到他那里。放风时，他还在悄悄地看，自己眼睛近视，又没眼镜，无法防范看守特务的监视，一次被看守特务组长杨进兴发现了，当场被抓住，立即进行审讯，问宣灏这是谁主办的，宣灏只承认是自己所写（当然从内容、字迹看都不可能是他，但他坚持说是自己干的）。审讯无结果，他被关禁闭一周……应该说他是一个在监狱这个特殊战场被培养起来的战士。"

1949年10月28日和11月14日，当看见自己的难友被一次又一次押出枪杀后，宣灏也感到死亡的逼近。于是，他决心写下自己对向往已久的共产党的"最后请求"，以表明自己是一个向往革命、追求进步的人。

　　亲爱的朋友，思想上的同志——请允许我这样称呼你。
　　从今天下午老邓的走（还不清清楚楚地摆着嘛：他们是完结了啊），我想：你们的案子是结束了，你和老刘（指刘国铹）的生命也许是保全了；但从另一方面，我们得到确息，我们这批从贵州来的同志，已于十日'签呈'台湾，百分之八十是要完结的了；因此在临死之前，我想向你说几句我久想向你说，而没有说成的话。请你了解我，而为我和其他的同志报仇！

我是江苏江阴人，父亲是一个鲜鱼小贩，因为家庭穷困，十一岁上母亲逝世后，我即帮助父亲挑担做生意，一面在小学读书。小学毕业后，曾在初中肄业半年，十六岁，到无锡一家水果店学生意。但我异常厌恶那种狭小而庸俗的生活，希望求取知识，和到大的世界去活动。我知道我的家庭是不能满足我的这种希望的，于是我便逃到扬州一个驻防军里去当兵，大概干了三个月，我就被我的父亲找来领回家去了。

在家里，上午我帮着父亲挑担做生意，煮饭烧菜，下午，便独自躲在光线暗淡的小室里学画，读当时新兴的小说，和浅近的社会科学书籍。我没有相好的朋友。因为即使有钱人的子弟愿意与我交往，他们的父母也讨厌我到他们家去玩："你看他身上穿得多破烂，多肮脏呀！朋友多得很，为什么独独要找他，给人家看了笑话啊?!"我的孤僻矜持的性格，就是从那个时候开始形成的；同时，那样的生活也给我带来了坏影响：求点知识，学些本领，我将来要往那些有钱人堆里爬——现在想起来，当时的心理是多卑劣，多无耻啊！

到我十八岁那年的秋天，我的一位有钱的远亲，把我介绍到上海东南医专的解剖实习室去当助手和绘图（解剖图）员。

除了规定的工作而外，我也可以选择很多和自己的工作有关，或感到有兴趣的功课，随班听讲。两年半时间，使我懂得了一些生物学和别的自然科学的知识，幽静的实习室生活，也养成了我沉默而不管时事的个性。

二十四年（民国二十四年，即 1935 年）年底，上海学生为了"何梅协定"事件，赴京请愿抗日，我也参加了那些伟大的行列；从那以后，我忽然又感到自己生活的狭小无味和前途的黯淡了。我到处托人活动转业，最后回到家乡小学里当了教师，接着又当了一学期小学校长。这样我的生活是"独立"了。因为职业关系，也得到少数人的尊敬了。但我应当说，我是一直在个人主义的道路上横冲瞎撞而已！直到抗战爆发，因为接触到了一些新的人和新的事物，我才开始意识到要为人类做一点真正有意义的事业，但可惜的是：我走进了一个反动的军队，还认为他们是为民族谋利益的阵容。因为想学一点军事学识，三个月后，我考进了这"团体"的"息烽训练班"（他们是以"中央军校特种训练班"的名义来招生的）受训。但因当时不明其性质和纪律（那时是缺乏政治常识和经验的啊），我照常和外面的朋友通信，照常读我爱读的书籍，因此不到四个月我就被捕了！

在监禁之初，我的情形是并不很严重的；他们只要我表示悔过，并想利用我的亲笔信去诱捕与我通信的在贵阳的朋友——"读新书店"经理——就可以放我，可是朋友，我这时已经明白了他们所谓"团体"的政治性质，我是真正的人民之子啊，我怎么能入于这些狐群狗党之流？怎么能出卖我敬爱的朋友，以换取一己的荣华富贵？于是在那个暗黑的微雨茫茫的夜晚，我从禁闭室里冲出来，想跑到我所憧憬的新天新地——

驻有人民队伍新四军的皖南去，然而由于自己的幼稚无识，在十里之外我又被捕了！

虽然不是党员，但我对共产主义和人民的党的诚信，也像你们一样，用行动来保证了的。在九年多监禁期中，我不断地读书和磨炼自己的文笔；我郑重地发过誓：只要能踏出牢门，我依旧要逃向那有着我自己的队伍中去！

一次次难友的牺牲，更加强了我这心愿：我决定，只要我能活着出来，我要运用我熟悉的工具——笔——把他们秘密着的万千的罪恶告诉给全世界，做这个时代的见证人！可是朋友啊，我的希望将要付之流水了！我是多么可怜自己，替自己惋惜，替自己哀悼啊！

朋友，我们的生命，是蒋介石匪帮，在人民解放军就要到临的前夕，穷凶极恶地杀害了的！他们既然敢犯罪，他们就应当自己负起责任来！朋友，请你牢牢记住：不管天涯海角，不能放过这些杀人犯！当人民法庭审判他们的时候，更不能为他们的甜言蜜语或卑贱的哀恳所哄过！"以血还血"，这是天经地义的事！

我相信革命党人对死难朋友的忠诚，一定会满足我上述的希望，使我含笑九泉的！

灏弟上言

十一月十五日

这封信写成后，宣灏寻机将它交给了罗广斌。由于罗广斌在大屠杀中侥幸脱险，这封充满革命激情的书信才能够重见天日。后来，罗广斌等人创作了小说《红岩》。在小说《红岩》中，胡浩的原型就是宣灏。